날마다
작별하는

날마다
작별하는

———

오수영

알비

삶에 대해 아는 것이 점점 더 많아지고 있다고 믿었다. 관계와 사랑에 대해서, 감정과 마음에 대해서 그리고 꿈과 현실에 대해서. 방황을 많이 할수록, 더 많이 넘어질수록 그만큼 더 성숙해진다고 믿었다. 그런데 세월은 모든 깨달음이 오만이고 착각이었다는 것을 가르쳐 주었다.

사랑에 대해 안다고 믿었던 오만이 인연을 떠나가게 했고, 관계에 대해 능숙해졌다고 믿었던 착각이 나를 고독의 나락으로 밀어냈으며, 게다가 나에 대해 안다고 믿었던 착오가 삶을 엇갈린 길 위에 던져 놓았다.
하지만 모른다고 믿었던 것이 나를 끈질기게 지켜주고 있었다. 이별하면 끝인 줄로만 알았던 사랑의 기억, 지나오면 돌이킬 일 없을 줄 알았던 어린 시절의 추억, 넘어질 때마다 일어날 수 있게 해준 꿈에 대한 열망이나 태도.

결국 안다고 믿었던 것이 아닌, 모른다고 방치해둔 것이 나를 유일하게 증명해주고 있다.

삶은 단 한순간도 머물지 않았다. 날마다 멀어지는 동시에 가까워졌다. 그러다 스치는 것이 있고, 가끔 오랫동안 곁에 머물게 되는 것도 있다. 순간이 지나가면 영원한 작별이고, 모른다고 믿었던 그 순간 속에서 아주 조금이나마 삶에 대해 깨달을 수 있었다.

어쩌면 삶이라는 것은 날마다 어떤 순간과 작별하는 과정일지도 모른다. 오늘도 작별하기 때문에, 이제 다시는 볼 수 없기 때문에, 그렇게 날마다 아쉬움을 간직하고 살아간다면, 언젠가는 삶에 대해 조금은 알게 되었다고 말할 수 있는 날이 올 것이라 믿는다.

언젠가 서로를 떠나게 될지도 모른다는 불안은 사랑을 항상 위태롭게 만들었다. 황홀한 순간들을 온전히 만끽하지 못하고 다가오지도 않은 미래를 걱정하며 시간을 허비했다. 그렇지 않았다면 서로에게 머물 수 있었을까. 작별은 불가피했을 것이다.

지나간 시간과 누군가의 기억을 간직하는 일이 그 시절에 대한 최소한의 예의라고 믿었던 시절이 있었다. 하지만 언젠가부터 기억은 현재와 미래를 향한 새로운 발걸음을 자꾸만 머뭇거리게 했다. 오히려 기억보다 망각의 힘에 기댈 때 처음으로 여행을 떠나는 사람처럼, 그렇게 어딘가를 향해 다시 한번 발걸음을 내디딜 수 있는 용기를 낼 수 있게 되는 것이 아닐까.

작별에 대한 불안이 시간과 감정의 흐름을 막아줄 수는 없었다. 과거는 너무도 정확하게 서로에게 존재했던 시간이기 때문에 완벽한 망각 또한 불가능했다. 과거를 끌어안고서라도 사랑에 대한 용기를 다시 내보는 것은, '혹시나 당신이라면' 이라는 막연한 희망 덕분이다.

혹시나 당신과 함께라면 오래도록 서로를 떠나지 않게 될 것이라는 희망, 언젠가 당신으로부터 멀어지는 순간이 있을지라도 결국은 서로에게 머물게 될 것이라는 마지막 믿음. 그래서 작별에 대한 불안을 넘어서는 서로에 대한 희망이, 스치는 수많은 관계의 홍수 속에서 우리가 잡을 수 있는 유일한 끈이길 바란다.

Contents

#01

당신과 나의 경계

언젠가 분명 다시 찾아올 바람을
그냥 흘러가게 내버려 두는 것이
현명한 방법이라는 것을 알아간다.

슬픔을 간직한
눈망울

빗속을 거닐며 슬픈 노래를 듣고 있었다. 비 오는 날의 분위기 탓이었는지, 그날따라 멜로디보다는 가사에 깊숙이 잠겨 들게 되었다. 흔한 사랑과 이별의 말이 아닌 한 사람이 가닿을 수 있는 슬픔과 체념의 극한을 고스란히 들려주는 노래였다. 함부로 누군가의 슬픔이 얕다거나 깊다거나 판단할 수는 없겠지만, 슬픔에 대한 경험이 많지 않은 나로서는 가져보지 못한 감정의 깊이에 감탄할 수밖에 없었다.

마음속에 얼마나 많은 슬픔이 담겨 있기에 이런 가사를 쓸수 있게 된 걸까. 슬픔의 허용치를 넘어 슬픔이 마음 밖으로 줄줄 새어 나올 때, 그때 비로소 농도 짙은 슬픔을 담을수 있다고 믿었다.

가만히 슬픔에 대해 생각해 보았다. 내가 그릴 수 있는 슬픔의 풍경은 얼마나 있을까. 겪어왔던 슬픔에 대해 떠올려 봤지만 보편적이지 않은 슬픔은 많지 않았다. 사랑과 이별에 대한 허무, 가족의 건강, 잡히지 않는 꿈 등 특별할 것 없이 평범한 슬픔이 전부였다. 물론 슬픔을 받아들이는 깊이가 중요하겠지만 평범하지 않은 사건에서 비롯된 슬픔에 나는 무지하다. 결국 누구나 겪는 슬픔에 대해서만 아는 채로 살아간다.

사람마다 슬픔을 담고 살아갈 수 있는 그릇을 품고 태어나는 것이라면 어떨까. 그릇의 크기만 다를 뿐 누구나 담을 수 있는 만큼의 고유한 슬픔을 품고 삶을 견뎌내고 있는 것은 아닐까. 품고 있는 그릇이 좁고 깊은 모양이라면 보편적인 슬픔으로도 슬픔의 극한에 닿을 수 있는 것이 아닐까. 반대로 넓지만 얕은 모양의 그릇이라면 수많은 슬픔을 품되 깊숙하게 닿을 수는 없는 것이 아닐까.

슬픔에 대해 가엾다고 생각하던 시절이 있었다. 커다란 슬픔이 없어서 다행인 삶이라고 생각하던 시절도 있었다. 그런데 살아갈수록 간직한 슬픔이 없는 사람이 오히려 더 안쓰럽게 느껴진다. 슬픔을 품을 기회조차 얻지 못했던 것 같아서, 찾아오는 슬픔을 자기 방식대로 길들이지 못한 것 같아서. 각자의 슬픔을 품은 사람들의 깊숙한 눈망울에는 그 자체로 하나의 세계가 담겨있다. 슬퍼서 아름답고, 아름다워서 슬픈 그 눈망울들을 오래도록 나의 얕은 그릇에 간직하며 살아가고 싶다.

위태로운
마음

몇 번의 연애가 끝나고 나만의 확신에 차 있던 시절이 있었다. 나는 이런 성격의 사람이고, 이런 사람을 좋아하며, 이런 사람과 잘 맞는다고 말하던 시간이다. 나는 확고했으며 절대로 뒷걸음질 치지 않았다.

'나는 이렇게 생겨먹은 사람이니 이런 나를 감당할
수 있다면 계속 곁에 머물러 주고, 그렇지 않다면
떠나줘요.'

타협의 여지가 없었고, 상대방을 더 몰아세우기만 했다.

'우리는 잘 맞지 않는 것 같네요. 우리의 계절은 이
렇게 끝났습니다. 그런데 도대체 나의 인연은 언제
쯤 내게로 찾아오는 걸까요.'

어차피 도망쳤던 것이면서, 변명은 할수록 늘어나기만 했다.

이제 내가 어떤 성격의 사람이고, 어떤 사람을 좋아하며, 또 어떤 사람과 잘 맞는지에 대해 아무런 생각이 없다. 정작 중요하게 여겼던 그런 것들로 인해 사람이 떠나가고 나서야 알게 된 사실은, 어쩌면 모든 취향도 다 나의 착각일지도 모른다는 것이었다.

알고 보니 나는 그런 성격도 아니었으며, 누구를 좋아하고, 또 누구와 잘 맞는지조차 결국은 나의 이기심과 치기가 쌓아 올린 바보 같은 경계였다.

그런데 취향에 대한 확신에 스스로 배신을 당하고, 그 확신이 사라지자 오히려 숨통이 트이는 것만 같다. 자기만의 기준과 취향을 강요하던 내가 할퀴어버린 만남은 지금쯤 어떻게 살아가고 있을까.

지금에서야 깨닫는 것이지만 실은 변명만 많았던 게 아니라 인연도 많았던 것이다. 다만 그 인연을 감당할 그릇이 내게 없었던 것뿐이다.

이별하고도
살아남은

뒤척이다 잠이 들지 못한 채로 몽롱한 아침을 맞이했다. 어제 이별을 했던가. 혹시나 꿈은 아니었을까 싶어 메시지를 확인해 보았지만 영락없는 이별 직후의 아침이었다. 그런데 왜 이렇게 마음이 평온한 것인지 모르겠다. 어제는 분명 힘들었던 것 같은데 하루가 지난 오늘은 여느 때의 아침과 다를 게 없었다.

슬픔의 감정이 벅차 올라와야 할 것 같은데 반복된 이별에 무뎌진 사람은 슬픔조차 느끼지 못하는 것인가. 문득 처음 사랑에 빠지고, 또 처음 이별을 겪었던 시절이 떠올랐다. 처음 겪은 이별의 슬픔은 도무지 내가 감당할 수 있는 정도의 고통이 아니었다. 그것은 온 세상의 종말이었고, 끊임없이 떨어지는 알 수 없는 극한의 나락의 삶이었다. 나에게도 그런 시절이, 그리고 그런 사람이 있었다.

내가 이별에 무뎌졌다고 해서 이별로부터 완벽하게 벗어
난 채로 살아갈 수 있는 것인지에 대해서는 조금 더 생각
해보기로 했다. 결국 벗어났거나 극복했다는 착각과 정반
대로 처음 이별을 겪었던 그 눅눅한 장소에 여전히 머무르
고 있는 것이었다. 세상을 잃은 황망한 표정으로 눈이 보
이지 않는 사람처럼 주변에 떨어진 흔적들을 주워 담으려
미친 듯이 더듬거리면서.

어제의 이별은 어쩔 수 없었던 일이었을까. 그렇게 믿어야
내가 버틸 수 있기 때문일까. 세월이 흐를수록 어쩔 수 없
는 일들이 혹은 그렇게 믿어야만 하는 일들이 자꾸 일어나
지만, 생각해보면 그것은 어쩔 수 없었던 것이 아니라 외
면에 가까운 일들이었다는 것을 받아들이는 게 버겁다.

결국은 내 마음 다치지 않기 위해, 내가 버티기 위해, 또 내가 살아남기 위해 외면해온 것들이 수없이도 많이 떠올랐다. 이기적이고 잔인한 마음들이었지만 되돌아간다고 하여 내가 다른 방향으로 갈 수 있을지는 모르겠다.

절절한 사랑도 결국은 거대한 허무로 남겨질 때가 많다. 하지만 더 중요한 것은 그 깨달음 이후의 방향에 따라 내 삶의 질이 달라진다는 것이 아닐까. 어차피 허무만 남는 삶이기에 아무것도 시도하지 않거나 혹은 허무로 향할 것을 알면서도 계속해서 일말의 가능성을 품고 반복하거나.

둘 중에 하나를 선택할 수밖에 없다. 하지만 모든 것들이 전부 내 마음 하나 편해지자고 늘어놓는 변명에 불과하고, 결국은 또 나만의 진리일 뿐이라면 이제 어떻게 살아야만 하는 걸까. 이별하고도 살아남은 나는 이제 어떻게 사랑을 대해야만 하는 걸까.

바람이
지나가고

살다 보면 추억에 사무치는 순간이 찾아온다. 그 순간들은
언제 불어올지 모르는 바람처럼 예고도 없이 날아든다. 계
절처럼 일정한 주기를 갖지도 않고, 그렇다고 유통기한이
있는 것도 아니어서 언제까지 나를 한순간에 과거로 데려
갈지 알 수도 없다.

추억에 사무칠 때마다 나는 이미 지나가 버린, 이제는 결
코 돌아갈 수 없는 과거의 어떤 곳을 향해 되돌아가고 싶
은 충동적인 마음에 휩싸인다. 돌이킬 수 없는 관계가 된
옛 연인이나 멀어진 친구들과 조심스레 만남을 약속하거
나, 때로는 그 추억을 연료로 관계를 다시 시작하기도 한
다.

그때로 돌아갈 수 있을 것 같았던 희망도, 가까스로 연락

했던 용기도, 재생될 수 있을지 모른다는 믿음도, 언제 왔었냐는 듯 저 멀리 달아난다. 역시나 바람이 스쳐 간 텅 빈 마음을 감당해야 하는 건 잠시나마 추억에 발길을 돌렸던 나의 몫이다.

살다 보면 추억이라는 바람이 부는 순간들이 찾아온다. 그때는 눈을 지그시 감고 나를 잠시 스쳐 가는 그 바람의 온도를 피부로 느껴보면 될 일이다. 언젠가 분명 다시 찾아올 바람을 그냥 그렇게 또 흘러가게 내버려 두는 것이 가장 현명한 방법이라는 것을 알아간다.

바람에 휩쓸려 날아가지 않고 바람의 뒷모습을 멀리서 바라볼 수 있는 삶을 살아가려면 사람과 인연에 대한 얼마나 많은 성찰의 시간이 필요한 것일까.

안부

살면서 가끔 생각이 났고
오늘은 생각이 난 김에
용기 내서 연락을 해봤어.

잘 지내나 싶어서.

날이 참 좋네.

그리워한
죄

첫눈이 내리는 날, 내게도 그리워할 수 있는 사람이 있다는 사실에 안심하곤 했다. 그리움이란 감정은 현재가 아닌 과거로 향했다. 지금 곁에 있는 사람들에게도 그립다는 말을 할 수는 있겠지만, 대개 보고 싶다는 말을 더 자주 하게 되는 건 각각의 말이 담고 있는 고유한 정서의 차이가 아닐까. 보고 싶다는 말이 애틋함이나 간절함을 담고 있다면, 그립다는 말에는 먹먹한 회한이 담겨있는 느낌이다.

그 때문인지 그리움이란 말은 본격적으로 과거로 향했다. 스쳐 지나가지 않았더라면 그리워할 일도 없었을 테지만 이것을 다행이라고 말할 수는 없는 것이다. 허연의 시집을 읽다가 '누군가를 그리워한 죄'라는 대목에 연필로 몇 번이나 줄을 쳤다. 아마도 내가 조금이라도 더 어렸더라면 그냥 지나치지 않았을까 싶은 심오한 문장이었다.

언제나 곁에 있어 주는 것이 정답이라고 믿었던 시절이 있었다. 그런데 시간이 흐를수록 부재가 낳은 그리움만큼 강력한 감정도 없겠다는 생각을 한다. 오래도록 사무치게 그리워하는 사이, 첫눈 오는 날마다 전화기를 들고 망설이는 사이, 그러다 이내 마음 추스르고 다음을 기약해보는 사이.

그런 애틋한 마음을 간직하며 살아가는 삶은 행복과 불행 중 어느 쪽에 가까울 수 있을까. 그리워한 죄라는 문장이 머릿속에 깊게 박혀서 떠나질 않았다.

서서히
바래져 가는

일출과 일몰은 시작되기 전 그 조짐을 하늘에 몰래 그려 놓는다. 색칠하고, 번지고 그리고 바래져 가면서 필사적으로 생의 흔적을 남긴다. 그런데 우리는 대부분 그 순간의 조짐을 놓치고 만다. 아마도 너무 빠르게 지나갔기 때문일 것이다. 빠르진 않았지만, 몰두하지 못했기 때문일지도 모른다.

미세한 변화의 순간들을 섬세하게 포착할 수 있었다면, 지금의 우리는 조금은 달라져 있을까. 삶은 모든 순간의 조합이고, 모든 순간에는 어떤 조짐이 형성되는 분위기가 있다. 그 분위기를 우리가 알아챌 수만 있다면, 그럴 수 있다면 우리는 삶의 후회를 조금이나마 덜어낼 수 있을까. 안타깝지만 그렇지 않을 것이다.

일출과 일몰이 알고 보면 단지 커다란 순환에 불과한 것처럼, 삶을 둘러싼 모든 사소한 일들도 자세히 들여다보면 크고 작은 순환임을 알게 된다.

만남과 작별도 그 순간이 시작되기 전 고유한 분위기가 형성된다. 그 분위기를 세심하게 포착하지 못하면 큰 사건들이 갑작스럽게 일어나는 것처럼 느껴진다. 만남과 작별은 절대로 갑작스럽게 발생하지 않는다. 일출과 일몰의 순환과 과정처럼 천천히 물들기 시작해 서서히 바래져 간다.

우리는 때로 그 흐름을 알게 되면 그것을 막을 수 있다고 생각한다. 하지만 우리가 할 수 있는 건 흐름을 읽을 수 있는 것뿐, 그것을 멈춰 세우기란 쉽지 않다. 물들어가는 것을, 바래져 가는 것을, 그렇게 시작되고 멀어져 가는 것들을, 우리가 무슨 수로 얼마나 막아내 볼 수 있을까.

그리하여 결국 우리는 어떤 흐름과 그것의 조짐에 대해 단지 다양하게 반응해 보는 것뿐이다. 혹시나 이번에는 사람의 의지나 노력으로 그것의 흐름의 방향을 바꿔볼 수 있다고 믿어보면서 말이다.

당신과
나의 경계

시애틀은 지금 비가 내린다. 이곳의 사람들은 이제 슬슬 기지개를 켜며 하루를 시작하고 있지만, 한국은 이부자리를 펴며 하루를 정리할 시간이다. 시차는 이제 익숙할 법도 하지만 아직도 신기할 수밖에 없는 것 같다. 똑같이 삶을 살아가는데 장소가 다르다는 이유로 다른 세상이 되고, 다른 시간이 된다니. 시차를 업고 살아간다는 건 상당히 매력적인 일이지만 슬픈 경계를 만들어내기도 한다.

고국과 이국의 경계라든지, 낮과 밤의 경계라든지, 혹은 당신과 나의 경계라든지 하는 것들 말이다. 경계에서 망설이다 끝나버린 수많은 밤들이 있었고, 감정이 극단으로 치달아 경계를 헤매던 날들도 많았다. 시차가 아무리 우리를 갈라놓아도 그것쯤은 대수롭지 않게 극복할 수 있을 줄 알았는데. 서로의 마음에도 시차가 존재한다는 것을 너무 늦게 깨달았다. 그녀의 손을 잡고 나란히 걷는 평범해 보이는 일이 사실은 언제 균형을 잃을지 모르는 위태로운 일이었다는 것을 그때는 알지 못했다. 경계라는 건 우리가 들여다보지 않아서 생기는 마음의 벽과도 같은 것이 아닐까.

우리의 관계가 익숙해지기 시작해서 나는 우리 사이의 벽이 사라지고 있다고 믿었는데, 지금 생각해보면 우리가 서로에게 익숙해졌다는 방심이 오히려 벽을 점점 더 높게 쌓아 올렸던 게 아닐까. 만약에 우리가 익숙함이라는 경계 너머를 상상해 본 적이 있었다면 지금의 우리는 조금 달라질 수 있었을까.

오늘도 버스가 도착하고 익숙한 사람들이 쏟아져 내린다.
그녀와 나는 정류장 의자에 가만히 앉아 그 모습을 바라만
보고 있다. 야근을 마치고 뒤늦게 집에 돌아가는 지친 모
습의 사람들. 이곳에서 그녀를 기다릴 때마다 언제나 보게
되는 모습들이었다. 버스가 떠나고 적막이 찾아들면 우리
는 가까스로 목소리를 되찾는다. 하지만 그것마저 지나가
는 차들의 소음에 묻히고 만다. 누구 하나 먼저 이 자리에
서 일어나면 우리의 인연은 이제 뒷모습을 내어주며 저 멀
리 사라지게 될 것이다.

눈시울이 붉어지는 이 밤에 우리는 이미 희미해진 약속을
더듬으며 서로에게서 멀어져 갔다. 밤은 여전히 깊어가고
있는데, 우리의 밤만이 서서히 흩어지고 있었다. 목소리보
다는 소란스러운 침묵으로, 눈물보다는 건조한 표정으로,

그리고 작별의 인사보다는 무뎌진 일상으로 묵묵히 되돌아간다.

우리의 짧았던 시간과 순했던 성격들만큼이나 잔잔하고, 또 상냥하게, 그렇게 우리는 지금 이 순간부터 조금씩 멀어지기로 한다. 우리는 마지막으로 서로를 위한 용기를 내 동시에 자리에서 일어나기로 한다.

이별이 조짐의 형성도 없이 사고처럼 갑작스레 우리를 덮쳤다.

사랑은
비눗방울처럼

이별할 때마다 눈물을 흘렸다. 사랑했던 사람이 있었고, 사랑까지는 닿지 못했던 사람도 있었다. 누가 더 많이 사랑했는지, 누가 먼저 이별의 말을 꺼냈는지는 상관없이 이별의 순간이 다가오면 눈물이 차올라 제대로 작별 인사를 할 수 없었다. 내가 먼저 이별을 통보해놓고 울고 있는 모습을 지켜봤을 그대들은 나를 어떻게 기억하고 있을까.

아무도 없는 놀이터에서 그녀에게 이별을 통보한 뒤 혼자 울고 있던 날이 생각난다. 그녀는 내가 어린아이처럼 울고 있는 모습이 황당하고 가여웠는지 괜찮다며 나를 꼭 안아줬다. 그 와중에 나는 기필코 무슨 말이라도 해보려고 숨을 골랐지만 결국은 목이 메어 아무 말도 할 수 없었다. 마침내 마음이 진정되고 가까스로 바라본 그녀는 우는 아이를 달래는 엄마의 표정을 짓고 있었다.

그녀가 먼저 떠난 놀이터에는 그동안 우리가 뱉어놓은 사랑의 말들이 떨어져 있었다. 어딘가 공중을 부유하다 이별했다는 소식을 듣고 추락한 것들이었다. 그것들을 주워 담으려 손을 휘저어 보지만 놀이터의 모래만이 손가락 사이로 빠져나갔다.

'이렇게 무수한 사랑의 말들을 우리는 겁도 없이
꺼내놓기만 했구나. 차라리 아무런 말도 하지 않았
더라면, 그랬더라면 우리의 마음이 지금처럼 폐허
가 되진 않았을 텐데.'

사랑했기 때문에 흘렸던 눈물도 있었겠지만, 이별 그 자체가 슬퍼서 흘렸던 눈물들이 더 많았다. 사랑하지 않았더라도 만났던 사람과 이제 더는 볼 수 없게 된다는 사실이 참

혹했다. 심지어는 미워했던 사람과도 정이 들면 마지막 순
간에는 눈물부터 나왔다. 감정이란 것은 바닥에 눌어붙은
껌과도 같아서 한번 붙으면 완전히 떼어내기가 불가능에
가까운 것일까.

반복되는 이별을 겪다 연애의 허무주의에 빠진 적도 있었
다. 어차피 그대들과 이별하게 될 것이라면 지금의 감정과
말들은 전부 소모적인 게 아닐까. 책임질 수 있는 말들만
하려다 보니 더는 어떤 말도 섣불리 꺼낼 수 없었다. 언젠
가 다시 바닥으로 추락한 사랑의 말들을 지켜보게 될 생각
에 두려움이 앞섰다.

그대들은 보잘것없는 나의 삶에 기꺼이 관여해줬고 분에
넘치는 영원한 마음들을 남겨줬다. 그대들은 어쩌면 나와

의 시간들을 후회하고 있을까.

나는 영영 우리가 뱉었던 말들의 포로가 되어 삶을 살아가지만, 포로가 되길 자처하지 않는 사랑이 과연 존재할 수 있을까. 인연이 끝나도 말들은 여전히 우리 곁을 배회하고 있는 것을 보면, 사랑과 이별의 말들이란 어쩌면 애초부터 상대방이 아닌 허공에 뿜어놓는 예쁜 비눗방울 같은 것인지도 모른다.

계절이 바뀌는 길목을 환절기라고 부른다. 아침과 밤의 온도 차가 심해져서 면역력이 한층 더 떨어지고, 그 덕에 병원은 감기 환자들로 북적인다. 유난히 온도의 변화에 취약한 나는 이 길목을 지날 때마다 앓곤 한다. 이렇게라도 앓아서 며칠 마음 편히 쉬고 싶은 핑계인지도 모른다.

생각해보면 계절이 바뀔 때만 환절기 몸살을 앓는 것이 아니라 곁에 있던 인연이 떠나가고, 또 다음의 인연이 찾아오기 전까지의 그 비릿하고 쓸쓸한 길목 또한 관계의 환절기라고 부를 수 있지 않을까. 어제와 오늘의 감정의 온도 차가 극단으로 달라지는 상황이 찾아오면 그것에 좀처럼 적응하지 못하고 오래도록 앓는다.

평소에 서로가 얼마나 꾸준히 사랑을 표현하고 확인했든

지 마침내 영문도 모른 채 환절기에 들어서게 되면 길 잃은 아이처럼 익숙한 그녀가 떠나간 방향만 황망히 바라보게 된다. 그녀가 내 삶의 마지막 계절이었던 것처럼, 다시는 다음 계절이 찾아오지 않을 것처럼.

그녀의 부재가 가져온 허무함과 외로움을 이기지 못해 그 길목을 거치지 않고 곧장 다른 사람을 만난 적이 있었다. 하지만 새로운 인연이 가져다주는 호기심과 설렘만으로는 더 관계를 지속해 나아갈 수 없었다. 결국은 그녀와 작별하던 그 계절의 문턱에 자꾸만 발이 걸려 넘어졌다.

무엇이 문제였을까. 그녀에 대한 그리움이 다른 사람을 가로막았던 것은 아니었다. 다만 우리가 함께 머물렀던 지나간 계절을 되돌아볼 여유를 갖지 못했던 것이 끈질기게 나의 발목을 잡고 있었다. 그 계절의 우리가 서로에게 부족

했던 점이 무엇이었을까. 차마 들여다보지 못했던 깊숙한 부분들이 얼마나 많았던 걸까. 어떻게 해야 이 똑같은 반복에서 벗어날 수 있을지에 대한 생각들을 건너뛰었다.

관계의 길목에 잠시나마 머무르며 그녀와 나의 사랑이 끝났다는 사실을 받아들이고 그 원인에 대해 끊임없이 파고들었다면, 그때는 고통스러웠을지라도 지금의 나는 조금 더 성숙해질 수 있었을까.

어쩌면 환절기는 지나간 계절과 다가올 계절 사이의 작별인사가 아닐까. 그동안 내게 머물렀던 계절을 떠나보내는 마음과 앞으로 내게 머물러줄 계절을 맞이하는 마음 사이 최소한의 예의 같은 것 말이다.

계절이 바뀔 때마다 통풍에 걸린 것처럼 바람만 스쳐도 마음이 시리다. 더 앓고, 더 시려 보면 마침내 마음의 면역력도 나아질 수 있을까.

사랑을
실험하는

식물 기르는 것을 좋아했다. 문제는 멀쩡한 식물이 내 집에만 오면 죽어 나간다는 것이다. 그런데도 포기하지 않고 줄기차게 새로운 식물을 들였다. 그때마다 식물의 위치나 물을 주는 주기 같은 것에 변화를 줘봤지만, 결국 얼마 버티지 못하고 바스락거리며 말라비틀어졌다. 혹시나 화분이 너무 작은 탓은 아닐까 분갈이도 해봤고, 고급스럽게 길러보고자 영양제도 맞춰봤지만, 잎이 잠깐 생기를 띄는가 싶더니 다시 누런색으로 돌아갔다.

식물이나 동물을 기를 수 없는 팔자 같은 게 있다더니 그게 바로 내가 아닐까 하는 답답한 마음에 꽃집 아주머니에게 도움을 청했다. 내가 키우는 식물들의 상태를 사진으로 보여주고 그동안 관리한 방법을 설명했다. 그러자 아주머니는 가엾은 어린아이를 바라보는 눈빛으로 나를 측은하게 쳐다보았다.

"물만 주기적으로 준다고 되는 건 아니에요. 식물마다 물을 줘야 하는 주기도 다르고, 좋아하는 흙도 달라요. 빛을 잘 받을 수 있는 창문 옆에 두는 게 좋고, 무엇보다 습도를 적당히 유지해주는 게 중요해요. 애들도 사람처럼 다 제각각이에요."

당연한 방법을 무시하고 내 입맛에 맞는 방식으로만 식물들을 관리했다. 일반상식을 무시해놓고 팔자타령이나 하다니 그렇게 어리석을 수가 없었다.

사랑이라는 감정도 식물 기르기와 비슷하지 않을까. 적당히 물을 줘서 시들지 않게만 살아갈 수 있다면, 과연 그것을 사랑이라고 부를 수 있을까. 때가 되면 분갈이를 해주고, 또 때가 되면 영양제를 맞춰주며 모범 답안처럼 나름의 정성만 다하는 것을 또 사랑이라고 말할 수 있을까. 그러다 감정이 시들어버리면 말라비틀어진 식물을 대문 밖에 내놓듯 그렇게 쉽게 정리될 수 있는 것도 사랑일까.

혼자만의 정성은 부질없는 것이었다. 대상을 대하는 기본적인 태도부터 틀렸으면서 어떤 결과를 바랐던 걸까. 정작 필요했던 건 정성만 다하는 관리가 아닌 각각의 대상에게 맞는 접근과 이면까지 들여다보고자 하는 따뜻한 보살핌이었다. 그런 줄도 모르고 보살펴야 할 존재를 감정의 실험대상쯤으로 여겼던 게 아닐까.

혼자만의 방에 갇힌 채로 그녀에게 이기적인 정성을 쏟았던 시절이 있다. 그래놓고 작별의 순간에도 할 만큼 다했다며 그녀에게 문제를 떠넘겼던, 그 오만했던 시간이 견딜 수 없을 만큼 부끄럽게 다가왔다.

영원에
관여하는

정서적으로 교감이 가능한 사람을 만나게 되면 무엇보다 먼저 마음이 따뜻하게 데워진다. 내가 느끼는 감정과 감성을 당신도 똑같이 느끼고 있다는 사실이 우리의 인연을 더할 나위 없이 값진 축복으로 만들어준다.

새로운 연애를 시작할 때까지 가장 힘들었던 것은 당신이 남기고 간 온기의 잔열이었다. 이제는 다 식을 때가 됐는데도, 내게 잠시 머물렀던 당신은 얼마나 따뜻한 사람이었길래 여전히 나를 이렇게 데워주고 있는 것일까.

그 상냥한 온기가 다가올 인연들을 밀어낸다. 이를테면 마음에도 '끓는 점'이 생기는 것이다. 지나간 인연과 나눴던 온기보다 미지근한 사람을 만나면 마음이 좀처럼 끓지 못한다. 그래서 마음이 따뜻한 사람과 인연을 맺었던 사람들이 유난히 이별에 아파하고, 과거를 그리워하는 것이 아닐까.

이제는 외모나 재력이 얼마나 거절하기 힘든 유혹인지 충분히 알만한 나이가 되었다. 시각부터 매료되면 속수무책이 된다는 것도 말이다. 그런데도 따뜻한 온기를 지닌 사람들은 시각을 무의미하게 만든다. 그들은 곁에 있는 사람들을 데우기 시작해 결국 자신의 온기를 모조리 잃을 때까지 차가운 마음을 녹인다.

한때는 사랑하다 이별하면 인연의 끈이 완전히 끊어져 지나간 인연과는 전혀 상관없는 새로운 삶을 살게 되는 줄로만 알았다. 하지만 서로에게 따뜻하게 스며들었던 흔적이 내 삶 곳곳에 잔영으로나마 남는 것까지 막을 방법은 없었다. 말투와 표정부터 시작해 취향이나 버릇 그리고 생각까지, 모든 곳에 당신의 온기가 남았다.

인연은 순간뿐이라는 착각과는 달리 비로소 영원이라고 말할 수 있는 것들에 관여하게 되는 걸까. 그렇게 한번 맺었던 인연은 끈질기게 여생을 따라다니며 삶 자체를 끌어안는 것일까.

편지의
무게

서랍을 정리하다 오래전 그녀에게 부치지 못한 편지를 발견했다. 봉투에 우표까지 붙여놓고 왜 부치지 못했던 걸까. 12년 전, 논산훈련소에서 호주 시드니로, 짝사랑하던 그녀에게 부치려던 편지였다. 바닥에 앉아 오래된 편지를 읽었다. 그 시절 열렬했던 마음과 고유한 체취, 그리고 정성껏 글씨를 눌러쓰던 손가락의 무게는 고스란히 남아있지만, 그때의 감정이 사라진 탓인지 읽을수록 낯설기만 했다. 어린아이의 연애 편지를 몰래 들여다보는 것처럼.

'내게도 이런 시절이 있었지.' '이렇게 일방적으로 감정을 강요하기만 했었구나.' 하면서 뒤늦은 부끄러움을 받아들였다.
그리고는 결국 부치지 않길 잘했다는 생각을 했다. 지금의 내가 읽어도 이렇게 부담스러운데 만약 그녀에게 이 편지

를 부쳤었더라면, 그래서 그녀가 이 편지를 보관하다 읽게
되었더라면, 그랬더라면 그녀의 마음에 얼마나 급격한 파
문이 일어났을까. 정작 편지를 부친 나는 모든 기억을 잊
고 살아가고 있었을 텐데 말이다.

삶이 끝나는 순간까지 나는 어쩔 수 없는 수많은 편지의
주인이며, 한때는 편지에 적힌 내용이 나를 살아가게 했던
원동력이었다는 사실은 그녀는 알고 있을까. 그 편지들이
세상에서 가장 값진 보물이었던 순간이 있었다.

편지가 우리를 기억하지 못하는 순간이 와도, 우리가 한때
는 서로의 전부였다는 사실은 변하지 않는다. 우리에게도
그런 시절이, 그리고 그런 사람이 있었다는 사실 말이다.

마음의
생김새

살아갈수록 사람들 마음의 생김새가 궁금하다. 외모를 앞
세워 마음을 숨길 수 있는 사람들은 날이 갈수록 늘어나
고, 온통 화려하고 요란한 삶 속에서 나는 왠지 현기증을
느낀다.

외모 또한 시대의 절대적이라고 볼 수 있는 가치임이 틀림
없고, 이것은 거부할 수 없는 유혹이다. 외모는 시각은 물
론이거니와 정신까지 매료시키는 강력하고 아찔한 섬광과
도 같다. 그리하여 나는 제대로 볼 수 없다. 제대로 봐야만
하는 때가 점점 늘어나는데 이럴 때는 외모만큼 강력한 장
해물이 없다. 아, 이번에는 마음을 봐야 하는데, 하면서 이
미 끌려가는 것이다.

마음이라는 건 각자의 꽃과 같아서 어떻게든 향이 번져온
다. 근사한 외모에 눈이 먼저 매료됐지만 알아갈수록 악취

가 나는 꽃이 있고, 외모는 딱히 손꼽아 줄 만큼은 아니지만 상냥하고 따뜻한 향이 번져와 마음이 먼저 녹아내리기도 하니까 말이다. 마음이 녹기 시작하면 이제 걷잡을 수 없다. 아무도 바라보지 않는 꽃이라도 나에게만큼은 조금씩 귀여워 보이기 시작해 끝내는 혼자 바라보기도 아까울 정도로 아름다운 꽃으로 변하니까 말이다. 내 삶과는 전혀 연관도 없던 꽃이었는데 이제 내가 아닌 다른 사람이 꺾어갈까 불안하기도 하고, 시들기라도 할까 봐 연신 안부를 물으며 보살피게 되는 것이다.

사람들이 첫 만남에서 외모를 가장 먼저 볼 수밖에 없는 것처럼, 마음에도 각자의 모양이 있어서 그것을 마치 얼굴의 형태처럼 누구나 알아볼 수 있게 된다면 얼마나 좋을까. 그럴 수 있다면 우리는 애초부터 외모와 더불어 마음

생김새를 보고 서로에게 다가갈 수 있을 텐데 말이다. 게다가 마음의 모양을 알고 시작한 만남이기 때문에 서로를 괜히 의심하거나 상처를 주는 일을 조금은 덜 수 있지 않을까. 외모가 절대 권력이 되었다고 믿는 사람들이 점점 많아지는 시대에, 그리고 종종 그것에 끌려다니는 나 자신을 바라보며, 잠시나마 말도 안 되는 상상을 그려본다.

카페에서 커피를 주문하려 줄을 서 있는데, 한 남자 대학생이 눈에 들어왔다. 커다란 가방을 메고 있는 걸 보니 카페에서 공부하려는 듯했다.

그가 관심을 끈 건 다른 사람들은 음료를 기다리며 핸드폰을 만지작거리거나 주변을 둘러보는데, 그의 시선은 커피를 만들고 있는 또래 여자의 뒷모습만을 향해 있었기 때문이다. 약간 멍한 표정과 옅은 미소를 띤 모습이 조금은 어리숙해 보였지만 눈빛만은 카페의 어떤 사람들보다 반짝이며 생기로 가득 차 있었다.

심지어 그녀가 커피를 건네는 순간에도 그는 꿈속에서 헤매는 사람처럼 그저 멍하니 그녀의 얼굴만 빤히 바라볼 뿐이었다. 커피를 건네받고도 자리를 뜨지 않는 그가 의아스러웠는지 그녀가 조심스레 묻는다.

"저기, 혹시 더 필요한 게 있으신가요?"
"아, 아니에요. 그냥… 감사합니다!"

그는 테이블로 걸어가면서도 그녀의 모습이 잊히지 않는
지 얼굴을 붉히며 수줍게 웃었다. 왠지 짧은 대화를 특별
한 선물이라고 여기는 것 같았다. 누군가에게 첫눈에 반하
는 순간은 그것을 지켜보는 사람의 마음마저도 녹아내리
게 한다. 속으로 괜한 참견을 하고 싶어졌다.

'조금만 용기를 내서 아무런 말이라도 건네 보면
되잖아. 첫눈에 반한 사람을 앞에 두고 뭘 그렇게
망설이는 거야. 그녀도 지금 커피를 만들면서 너와
똑같은 생각을 하고 있을 수도 있지 않을까. 용기
를 내봐.'

그런데 나 또한 그녀를 처음 만났던 순간을 생각하니 갑자기 부끄러워졌다. 저 남학생보다 어리숙하면 어리숙했지 별반 다를 게 없었기 때문이다. 처음 그녀를 보았을 때 그녀는 다른 사람과 대화를 나누고 있었다. 그녀의 옆모습만을 간신히 바라보며 해야 할 일도 잊은 채로 한참을 그 자리에 서 있었다. 그녀에게 반한 그 짧은 순간 동안 온 세상이 멈춰 섰다. 그 순간은 마치 세상이 우리 둘만을 위해 양보해준 선물처럼 느껴졌다. 그러면서도 어쩌다 그녀가 나를 의식하고 쳐다볼 때면 바보처럼 고개를 돌리고 딴청을 피우고 말았다.

그렇게 한 달이 지나고, 계절도 바뀌었다. 다행히 그곳은 그녀의 일터였기 때문에 그녀를 찾아가면 언제든 멀리서나마 바라볼 수 있었다.

그렇다고 그동안 아무런 시도도 하지 않았던 건 아닌데, 나중의 그녀는 그때의 용기 없던 나를 떠올리며 말 한번 건네는 게 그렇게 어려웠냐며 끈질기게 놀려대곤 했다.

그녀는 단 한 번의 용기를 내기 위해 얼마나 많은 망설임과 떨림의 시간이 있었는지 몰랐을 것이다. 얼마나 많이 그녀의 주변을 서성였는지, 그녀의 눈을 제대로 바라본 것조차 나로서는 얼마나 커다란 용기였는지, 그렇게 날마다 나를 자책하며 괴로워했다는 걸, 그녀는 아마도 몰랐을 것이다.

처음 만난 그 순간을 우리의 마음에 영영 담아둘 수 있다면 얼마나 좋을까. 언젠가 우리가 세월 앞에서 지치거나 일상에 권태로워질 때마다 그 순간을 조용히 떠올리며 다

시 한번 서로의 소중함에 대해 생각해 볼 수 있다면 얼마
나 좋을까.

나는 처음에 내지 못했던 용기를, 지금과 미래의 순간들을
위해 날마다 조금씩 꺼내 쓰고 싶다.

테이블에 앉아있는 저 남학생은 지금 그녀가 커피를 만들
며 남몰래 미소 짓고 있다는 걸 알까. 그는 여전히 그녀의
뒷모습만을 힐끔거린다. 그녀가 이미 눈치챈 줄도 모르고.
커피가 식어가는 줄도 모르고.

#02

모두 떠난 놀이터에서

영원한 건 없다지만 언제나 가슴 속에는
영원을 품을 수 있는 삶이
충분히 존재할 수 있다고 믿는다.

바다,
그 마음의
세탁기

맞벌이 부모님을 둔 외동아들이었던 나는 어린 시절 유난히도 집에서 혼자 보내는 시간이 많았다. 아이들과 놀이터에서 어울리는 것도 잠시뿐 엄마들이 데리러 온 아이들이 모두 떠나면, 홀로 남은 나는 아무도 없는 텅 빈 집에 돌아와 시간을 때울 수 있는 것들을 찾곤 했다. 냉장고를 뒤져 간식을 먹고, 베란다 밖을 한없이 내다보며 사람 구경을 하고.

그때만 해도 책이라는 물질에 대해 따분함 이상의 감정을 느끼지 못하고 있었던 때라 나는 주로 몇 개의 비디오테이프를 반복해서 돌려보곤 했다. 얼마나 돌려봤으면 영상을 보고 있지 않아도 느낌으로 대사의 타이밍을 맞춰 주인공이라도 된 듯 신명 나게 대사를 읊기도 했으니까. 하지만 고작 몇 개의 비디오로 나날이 이어지는 따분한 시간을 감당하기엔 역부족이었다.

그렇다고 모두가 떠난 놀이터로 돌아가자니 오히려 더 따분해질 것 같았던 나는 집안에서 새로운 장난감을 발견했다. 그것은 바로 세탁기였다. 빨랫감과 세제를 넣고 여러 가지 버튼을 누르다 보면 세탁기가 거품을 내며 돌아가기 시작했고, 그 속의 빨랫감들이 이리저리 정신없이 부딪치며 제 몸에 품고 있었던 근심처럼 눌어붙은 때를 흘려보냈다.

헹굼과 탈수가 끝나면 아까의 퀴퀴한 냄새와 꼬질꼬질한 얼굴의 빨랫감들은 새하얗게 다시 태어났다. 나는 그 과정을 지켜보는 게 즐거웠다. 내가 무엇인가를 깨끗하게 만들어줄 수 있다는 사실과 한 시간 정도가 걸리는 코스를 지켜보다 보면 어느덧 시간이 흘러 부모님이 퇴근할 시간에도 가까워졌다. 하지만 무엇보다도 홀로 있던 나의 마음에 쌓인 허전함 같은 것들이 빨랫감과 함께 씻겨 나가는 기분이 들었기 때문은 아니었을까.

세월이 많이도 흘렀다. 어느덧 삼십 대 중반을 바라보고 있는 나는 여전히 그때의 내 마음에 쌓였던 허전함을 기억하고 있지만, 그것보다 훨씬 육중한 삶의 무게를 짊어지게 되었다. 엄살이라고 말할 수도 있겠지만 어린 시절에 비하면 지금 더 많은 무게를 감당해야 하는 것은 누구나 마찬가지일 것이다.

부모님과 떨어져 살게 되면서 집은 여전히 텅 빈 상태이지만 그때와 다른 것은 이제는 기다려도 아무도 오지 않는다는 점이고, 나조차도 딱히 누군가를 기다리고 있지 않다는 것이다. 여전히 세탁기는 매일 돌아가지만 더는 이 물체에 흥미를 갖지 않는다. 다만 조금 더 조용하고 신속하게 빨래를 마치고, 가능하다면 최대한 오래도록 고장이 나지 않았으면 하는 바람이 있을 뿐이다. 분명 마음속에 무언가 씻겨야 할 것들이 쌓여가고 있을 텐데 지금은 그것들의 정체를 알 수 없다.

아마도 세월의 때 같은 것이 켜켜이 쌓이고 있는 것이 아닐까. 그것이 어디에서 묻어온 때인지는 모르겠으나 언젠가 다시 거품을 내며 씻어줘야 할 텐데 지금의 나로서는 그 시기와 방법에 쉽사리 닿을 수 없다.

어른이 된 나는, 그러니까 어른이 된 척 살아야만 하는 나는 이제 내 마음을 씻겨주던 장난감을 잃어버렸다.

그런데 언젠가 문득 바다를 찾아갔을 때 나는 많은 사람이 왜 본능적으로 바다를 찾게 되는지 알 것 같았다. 해변으로 몰아치는 파도를 보고 있자니 어린 시절 세탁기 앞에 앉아있던 그 순간의 청량함과 개운함이 느껴졌다. 그때처럼 내 마음에 쌓였던 것들이 깨끗하게 씻겨나가는 기분이 들었다고나 할까.

어른이 된 우리는 일상에서 수많은 빨랫감을 마음속에 묵혀두었다가 가끔 그 밀린 빨래를 하러 탁 트인 바다로 향하는 것인지도 모른다. 어쩌면 파도가 데려오는 그 수많은 거품은 우리의 마음속 때가 씻겨 나간 흔적들이 아닐까. 내가 잘 몰랐던 바다라는 존재는 들여다보니 우리가 함께 쓰는 마음의 세탁기였다.

각자의
사정

#1

미세먼지가 전국을 송두리째 덮친 날, 엄마가 입원해 있는 서울 아산병원으로 향했다. 번잡하고 소란스러운 걸 좋아하지 않는 나는 차를 몰고 서울 도심을 관통해 어딘가로 향하는 것을 달갑게 여기진 않지만, 이것은 엄연히 다른 문제였다. 나는 할 수만 있다면 불도저를 끌고 도로에 널린 수많은 차를 밟고서라도 얼른 병원으로 가고 싶은 심정이었다. 오래도록 대전에서 알 수 없는 증상의 고통을 치료받던 엄마가 마지막이라는 심정으로 서울에서 다시 검사를 해보기로 한 것이다. 이미 회복에 대한 희망을 체념하고 싶은 정도로 고통에 지칠 대로 지쳐버린 엄마가 다시한번 치료에 대한 의지를 품었다는 것만 해도 나는 감사하니까 말이다. 부디 이번에는 어떤 검사 결과라도 명확하게 나왔으면 하는 바람으로 최대한 빠른 길로 달려갔다.

2

뿌연 안개가 낀 것처럼 사방의 높다란 빌딩들조차 모습을 감추었다. 아산 병원에 도착했지만, 주차를 기다리는 수많은 차 때문에 옴짝달싹하지 못하고 있었다. 유명하고 거대한 병원으로 몰려드는 전국 각지의 인파가 마치 콘서트장을 방불케 했다. 병원은 삶과 죽음에 가장 가까운 건물이라고도 볼 수 있는데, 어쩌면 인간의 삶과 죽음도 콘서트와 별반 다를 게 없는 것 같다는 생각이 들었다. 다만 그곳으로 몰려드는 감정의 생김새가 다를 뿐이지 누군가를 마중하고 배웅하는 깊숙한 인사라는 점에서는 같다고도 볼 수 있지 않을까. 엄마가 바로 앞에 있음에도 주차 때문에 달려갈 수 없는 심정이란 답답함을 넘어서 어떤 저주에까지 이르는 것 같았다.

3

아산 병원은 생각보다 커서 웅장한 성과도 같은 구조로 되어 있다는 것을 알게 됐다. 아빠에게 엄마가 입원해 있는 병실의 위치를 알게 되었지만, 그곳으로 가는 길 또한 미로의 연장이었다. 19층. 엘리베이터를 타려면 또다시 기나긴 줄을 서야만 했다. 차례를 지키는 질서가 간신히 유지되고 있는 것처럼, 사람들은 난파된 선박에서 마지막으로 탈출할 기회를 떠나보낸 사람들처럼 다급하면서도 황망한 표정을 짓고 있었다. 간신히 탄 엘리베이터는 아주 더디게 19층으로 향하면서 거의 모든 층마다 섰다. 병원이라는 공간에 들어선 불안 때문인지 층마다 서는 이 단순한 반복이 자꾸만 미리 정해진 수명에서 내려야 하는 우리의 운명 같은 것을 생각하게 했다.

4

어깨에 견장을 찬 상조회사 직원들이 하품하며 엘리베이터에 올라탔다. 그들에게는 미안하지만 살아가면서 가급적이면 피하고 싶은 사람들이다. 이제 막 출근을 한 듯한 그들의 모습은 여느 직장인들의 모습과 다르지 않았다. 아침에 일어나니 콧대 옆에 커다란 뾰루지가 났다며 속상해하고, 그럴 때는 피부과에 가서 짜는 게 좋다며 단골 피부과를 서로 추천해줬다. 그들은 이제 분명 누군가가 생을 마감한 장소로 향할 것이었다. 그런 다음 직업의식을 갖고 엄숙한 분위기를 만들어 내겠지만 그들의 일은 거기서부터 시작되는 것이고, 이곳에서의 사사로운 대화는 그들의 사생활일 뿐이었다. 모두 각자의 몫을 해내야만 한다는 건, 참으로 비통하지 않을 수 없는 일이다.

5

더욱더 작아진 엄마가 병실의 침대 위에 앉아있었다. 나는 곧장 다가가 뼈만 앙상하게 남은 엄마의 몸을 살살 끌어안았다. 엄마의 손을 잡고 한참을 바라봤다. 아빠도 엄마의 옆에 서서 묵묵히 우리를 바라볼 뿐이었다. 며칠간 입원해서 검사를 받는 탓에 제대로 씻지 못했다며 미안해하는 엄마를 보고 있으니 눈물이 날 것만 같았다. 엄마는 그래도 병실의 다른 사람들이 조용한 분들이고, 때가 되면 식사도 나오니 크게 불편한 것이 없다고 했다. 때마침 점심시간이어서 침대에 붙어있는 작은 테이블에서 식사하는 중이었다. 침묵이 흐를 때마다 사람들의 밥 씹는 소리가 마치 초식동물들이 힘없이 풀을 곱씹는 소리처럼 들렸다. 엄마는 나온 식사를 다 마치지 못하고 자꾸만 숟가락을 내려놨다.

6

내일이면 검사 결과가 나올 것이고 퇴원 여부가 결정된다
고 했다. 서울에서도 아무런 질병이 발견되지 않으면 엄마
의 심정이 얼마나 참혹해질지 그것이 걱정스러웠다. 체질
상으로 약도, 주사도 그리고 어떤 치료도 좀처럼 받아들이
지 못하는 엄마의 상황이 여전히 비현실적으로 느껴졌다.
엄마의 건강 상태를 보면서 자라온 내가 건강에 강박적으
로 집착하게 된 것은 지극히 자연스러운 일일 것이다. 그
렇다고 어떤 질병의 증상이 찾아오는 것을 막을 수 없다는
것을 안다. 그런데도 내가 할 수 있는 것, 그리고 우리가
할 수 있는 것들이 있다면 모든 것을 시도하고 싶은 마음
이었다. 조금이라도 엄마가 회복의 길로 들어설 수 있다면
그게 무엇이든 어떤 것이라도 해보려 할 테니까 말이다.

7

해외로 떠나야만 하는 직업 탓에 나는 엄마가 서울에 입원해 있는 며칠 동안조차도 좀처럼 아들 노릇을 못 하고 있다. 엄마의 옆에 누워 같이 밥을 먹고, 음악을 듣고, 지나간 이야기들도 간간이 하면서, 그러다가 밤이 되면 엄마의 손을 잡고 잠이 들고 싶은데 현실은 녹록지가 않았다. 회사를 쉴 수도 있겠지만 무엇보다 엄마가 자기 때문에 나에게 피해를 주기 싫다며 화를 낼 게 분명했다. 좀 누워서 쉬어야겠다며 얼른 나를 보내려는 엄마의 마음을 나는 모르지 않았다. 너무 사랑하면, 사랑하는 사람의 일상이 자신으로 인해 조금 흔들리는 것조차 지켜보기 힘들어하는 것이니까 말이다. 엄마의 고집을 당해낼 수 없는 나는 엄마를 다시 한번 꼭 안아주고, 오늘도 이렇게 돌아서고 말았다.

#8

옆자리 할머니가 퇴원하는 것이 부럽다는 엄마를 뒤로 한 채 병실을 나섰다. 울부짖는 소리가 들렸고, 의사와 간호사들이 바삐 오가는 복도를 지났다. 좀처럼 발길이 떨어지지 않지만, 아빠가 있어서 다행스러웠다. 엄마에게 있어서 아빠라는 존재는 못 하는 게 없는 영원한 맥가이버 아저씨니까 말이다. 아까 봤던 상조회사 직원들이 누군가와 서류를 검토하고 있었다. 그 모습을 외면하고 주차장으로 향했다. 미세먼지가 자욱한 도로를 달리며 직장으로 향했다.

또다시 웃는 모습의 가면을 쓰고 사람들 사이에 던져질 것이다. 각자의 사정이라는 말은 사정없는 사람이 어디 있냐는 말을 이겨낼 수 없다. 오늘따라 유난히 삶이 모질게 느껴졌다.

단단하게
무너지지 않도록

어렸을 적에는 항상 엄마보다 내가 먼저 무너져 내렸다. 아무리 힘든 일이 있어도 엄마는 표정 하나 변하지 않고 삶을 이어가는, 이를테면 깡다구가 장난 아닌 사람처럼 보였다. 가끔은 지독한 사람으로 보이기까지 했는데 이를테면 외할머니나 이모가 돌아가셨을 때였다. 엄마가 두 분의 장례식장에서 눈물을 흘리는 모습을 나는 본 적이 없다. 하지만 아무도 없는 곳에서 엄마는 누구보다 많이 목 놓아 울었을 것이라는 걸 안다. 장례식장에서 울어버리면 무너져 내리는 자신을 스스로가 감당할 수 없었을 것이라는 사실도 함께 말이다.

어릴 적부터 외삼촌들과 외할아버지는 서로 사이가 좋지 않았다. 그 덕분에 집안 전체가 사이가 좋지 않은 분위기였다. 하지만 외할머니와 이모들은 달라 보였다. 유전적인 탓인지는 모르겠으나 그 세 명의 여성들은 유난히도 감성적이었고, 그만큼 몸도 자주 아팠다. 집안의 남자들에게 헌신하고 그들을 견뎌내느라 속이 많이 닳았던 것인지, 세상의 모든 사사로운 일들로부터 예민한 마음이 버텨낼 수 없었던 것인지 세 사람 중 두 사람이 태어난 순서와는 상관없이 세상을 떠나갔다. 그렇게 나머지 한 사람은 두 사람을 먼저 떠나보내야 했고, 여린 가슴에 그 둘을 영원히 묻고 남은 생을 살아가고 있다.

하지만 그 이후로 엄마는 사는 게 사는 것이 아니었을 것이다. 외할머니와 이모가 끝내 마치지 못했던 삶의 짐들을 엄마는 대신 짊어지고 있는 듯했다. 심장이 세 개인 사람처럼 먼저 떠난 두 사람의 몫까지 더 아파하고 더 분노했으며 그만큼 엄마의 몸은 세월보다 더 빠르게 약해져 갔다. 약해져 가면서도 엄마는 자꾸만 자기가 지은 죄가 커 벌을 받는 중이라고 했다. 정작 내가 아는 정말로 죄가 큰 위인들은 너무도 평화롭게 오래도록 잘 살아가고 있다. 그들이 슬픔이나 아픔 따위는 절대로 자신들의 것이 아닌 것처럼 그렇게 안정적으로 살아가는 모습을 보면 복잡한 마음이 더 복잡해진다.

이제는 내가 엄마보다 먼저 무너지면 안 되겠다는 생각을 한다. 그래야 내가 엄마를 잘 보살필 수 있을 테니까. 어린 시절 그때 엄마의 깡다구는 누구를 위한 강인함이었을까 생각한다. 살아갈수록 조금씩 더 단단해져야 할 까닭이 생기는 것 같다. 아직 여러 가지 검사와 치료들이 남았지만, 어제가 무사했던 건 많은 사람이 힘을 실어준 덕분이라고 믿는다. 그것은 문장으로는 표현할 수 없는 커다랗고 따뜻한 마음이다. 초라한 감사의 말을 전하고 싶다.

당신의
텅 빈 지갑

이십 년도 더 지난 지금 그때의 일을 돌이켜봤다. 우리의
자랑거리였던 최신형 장난감 권총들은 실은 우리 아빠들
의 지갑에서 몰래 빼내온 돈으로 산 것이었다. 그런 위험
천만한 모험을 감수했다는 자부심이 우리를 좀 더 귀엽고
멋진 총잡이로 만들어줬다. 물론 귀엽다는 건 우리의 입장
이거나 우리를 어처구니없게 좋아해 주던 철없는 여자아
이들의 콩깍지였을 뿐이겠지만 말이다.

사람들은 우리를 무서워했다. 퍽 어린 악동들이 무서웠겠
냐고 묻는다면 딱히 할 말은 없지만, 우리의 손에는 형광
등도 단번에 깨트릴 수 있는 장난감이 있었다. 내 기억에
우리 무리는 다섯 명이었다. 형광등을 다섯 번 깨 먹던 날
경비 아저씨에게 잡혀가서 무릎 꿇고 손 들고 있었는데 한
명만 죄가 없다고 일어나 있게 했던 게 생생하게 기억나는

걸 보니 확실할 것이다.

그 한 명만 장난감 총을 사 오지 못했던 걸 기억하는지 모르겠다. 총이 없다는 이유로 넌 죄가 없다며 경비 아저씨가 봐준 거였다. 물론 우리 돈인척하며 사 온 멋들어진 총들을 보면서 그 아이는 얼마나 그게 열등감인지도 모르고 열등감을 느꼈었을까. 우리가 총쏘기에 질리면 그제야 그 아이는 우리 중 한 명의 총을 빌려 신나게 쏘기 시작했다. 그러다 다시 돌려줘야 했을 때 그 아이의 아쉬운 표정에 우리도 덩달아 마음이 불편해졌다.

그래서 결국 우리는 그 아이에게 우리의 진실을 모두 털어 놓게 되었다. 간단했다. 모두가 잠든 새벽, 반드시 오줌이 마려워야 했다. 그래서 홀로 일어나 화장실이 아닌 안방으로 향하는 것이다. 그 다음에는 당연히 아빠 양복바지 뒷주머니를 더듬더듬해서 만 원짜리를 꺼낸다. 불이 꺼진 상황에서도 손의 감촉만으로 그게 만 원짜리라는 것을 감지할 정도의 섬세함은 필수이다. 그 아이는 운이 없었다. 다음 날도, 그리고 그다음 날도 그 아이 손에 잡히는 건 아무것도 없었다. 그러다 어느 날은 운 좋게 어둠 속에서 손에 잡히는 게 있었다. 그걸 움켜쥐고 들뜬 마음으로 자기 방으로 건너와서 불을 켜보더니 갑자기 막 울기 시작했다. 고작 3천 원이 전부였던 것이다. 분명 만 원짜리의 품격있는 감촉이었던 것 같은데 말이다. 다른 놈들의 코를 납작하게 해줄 최신형 장난감 총을 당장에라도 살 줄 알았는데. 그 아이는 그날 밤을 홀딱 지새웠다.

애들은 괜히 애들이 아니다. 드물게 애답지 않은 애들이 종종 나타나기도 하지만 혹시나 선택할 수 있는 권한이 있다면 나는 절대로 철든 초등학생이 되는 것을 택하지는 않으려고 한다. 그때 그토록 웃기고 고소했던 일들이 지금 생각하면 아빠의 지갑이 텅 비어 있을 수밖에 없는 이유가 떠올라 눈물부터 쏟아진다는 게 슬프기도 하지만, 한편으로는 나이를 먹고 조금씩이나마 성숙해져 간다는 게 참 다행인 일이라는 생각도 한다.

그토록 어리던 우리가 이토록 여린 우리가 되었다. 살아갈수록 점점 단단해질 것이라 믿었는데 어떻게 된 게 살아갈수록 한없이 여려지기만 하는지 알다가도 모를 일이다. 삶에 무뎌진다는 걸 여려진다고 착각하는 것일지도 모른다. 그나저나 나도 어쩌다 보니 그 시절 내 아버지의 나이가 되었다. 아마도 아버지는 내가 몰래 돈을 가져갔다는 사실을 알고 있었을 것이다. 알고도 모른 척 넘어갔을 것이다.

맥가이버
아저씨

아빠는 80년대에 유행했던 장발 머리를 그대로 유지하고
계신다. 그 이유인즉슨 엄마가 아빠의 젊은 시절 모습을
계속 담아두고 싶어 한다는 것이었다. 엄마는 아빠가 지금
도 장발의 모습으로 둘이 함께 나란히 길을 걷고 있으면,
오래전 청춘의 그 날처럼 자신을 위해서라면 못 하는 게
없었던 '맥가이버 아저씨'처럼 보인다고 했다. 아빠는 항
상 엄마 앞에서는 멋쩍은지 괜히 툴툴거리지만 실제로는
동료 아저씨들의 '이발 좀 하라'는 구박에도 절대로 아랑
곳하지 않는다.

오히려 거울을 보며 그 장발 머리를 이리저리 매만지며 마
치 아빠도 엄마의 순수한 마음속에서 영원한 청년으로 살
아있는 듯 뿌듯해한다. 아직도 소녀 같은 엄마의 감성이
나, 그런 감성을 투덜거리면서도 곁에서 지켜주는 아빠의

모습을 바라보며, 나는 어렴풋하게나마 '아, 이런 게 사랑이고, 이런 게 내가 원하는 부부의 모습이구나,' 하고 짐작할 수 있었다.

그래서인지 나는 언젠가부터 엄마의 순수한 감성을 닮은 사람을 찾기 시작했다. 이상형과는 전혀 별개로 그렇게 예쁜 마음의 생김새를 가진 사람과 마주하게 되면 나는 그야말로 그녀에게 반하게 된다. 미모에 반할 수도 있고, 성격에 반할 수도 있겠지만, 분명한 건 나의 마음은 그 사람이 가진 정서와 감성에 가장 세심하고, 절대적으로 반응한다는 것이다.

그렇게 나의 마음을 열렬하게 다할 준비가 되면, 나는 그녀를 내 삶의 중심으로 데려온다. 그리고는 우리에게 허락된 시간만큼 그녀 곁에서 나의 아빠처럼, '맥가이버 아저

씨'가 되려고 노력한다. 행여나 그녀 앞에서 나의 부족함
과 엉성함이 탄로 날까 잔뜩 긴장하고(물론 머지않아 탄
로 나겠지만) 괜찮은 남자로 보이고 싶은 마음에 온 신경
을 집중하게 된다.

언젠가 서로를 부부라고 부를 수 있는 사람과 함께 하게
된다면 우리가 순수를 조금이나마 간직하며 살아갔으면
좋겠다. 그래서 가끔 순수한 마음들이 우리를 청춘의 시절
로 데려가 준다면, 우리의 가장 멋지고 예뻤던 그 순간들
이 서로의 마음속에서만큼은 늙지 않고 영원할 것이다.
순수한 마음과 한결같은 사랑을 보고 자랐다는 사실, 그것
만으로도 축복받은 유년 시절이었다고 본다. 따뜻하고 평
온한 분위기는 나의 기본적인 정서 곳곳에 스며들었을 것
이다. 소박하게 때 묻지 않고 삶을 살아온 부모님이라서,
그들이 나의 부모님이라서 정말로 감사한 날들이다.

늦지
않았으면

아빠와 나는 한 달에 두 번 정도는 꼭 함께 목욕탕에 갔다. 일요일에 늦잠을 포기하고 목욕을 하러 간다는 게 쉬운 일은 아니다. 아빠의 손을 잡고 흔쾌히 따라나설 수 있었던 건 나름의 보상 때문이었다. 목욕 후에 마시는 비타민 음료가 그렇게 청량하고 맛있었다. 이 음료가 바로 나에게는 '1차'였고, 집으로 돌아가는 길에 들르던 해장국 집이 바로 '2차'였다. 나는 두 가지 행복을 놓칠 수 없어서 초등학교를 졸업할 때까지 아빠와의 목욕을 포기하지 않았다.

언제부턴가 더는 아빠와 함께 목욕탕에 가지 않게 되었다. 그렇게 막역한 소꿉친구처럼 지내던 둘 사이에 어느 순간 벽이 생긴 것은 아마도 내가 약간의 철이 들면서부터였던 것 같다. 철이 들었다고 믿기 시작하면서부터 그동안 친구처럼 지내던 아빠가 조금은 어려워졌고, 존경하는 만큼의 예의를 지키다 보니 예전처럼 쉽사리 장난치며 다가갈 수 없게 된 것이다. 그 속사정을 아빠에게 한 움큼이나마 꺼내 보여야 하는데, 어찌 된 영문인지 나는 도무지 그게 마음처럼 쉽지가 않다.

엄마에게, 연인에게 그리고 친구들에게 종종 나의 마음을 꺼내 보이지만, 왜 유독 아빠에게만큼은 그토록 어려운 걸까. 사실 그때 졸린 눈을 비비며 아빠를 따라나섰던 건 음료나 해장국 따위의 보상이 아니라, 아빠와 함께 나눌 수 있던 그 시간을, 실은 나도 무척이나 기다리고 있었기 때문인지도 모른다. 소풍 같았던 그 일요일의 반나절은, 그 시절 주말 아침마다 방영하던 디즈니 만화 동산보다 훨씬 더 매력적이고, 행복한 따뜻함이었다.
그런데 이상하게도 아빠와 서로의 등을 밀어주고, 같이 해장국을 먹고, 그리고 집으로 돌아가는 차 안에서까지, 대체 그 긴 시간 동안 무슨 대화를 나눴는지는 도무지 기억이 나질 않는다. 다만 대화 대신에 몇 가지 장면들만은 분명하게 기억하고 있는데,

이를테면 나의 작은 손으로 아빠의 때를 밀며 바라봤던 그 넓은 등과, 나를 잃어버리지 않으려고 내 손을 꼭 잡았던 아빠의 두툼한 손과 그리고 내가 음료를 마시고, 해장국을 먹던 모습을 지켜보던 아빠의 선량한 눈망울과 흐뭇한 미소 같은 것들 말이다. 이런 장면들은 시간이 아무리 흘러도 흐릿해지거나 왜곡되지 않고 고스란히 남아있다.

이제는 내가 타향살이를 하게 된 까닭에 일 년에 많아 봐야 다섯 번 정도 아빠를 만날 수 있게 되었다. 그때마다 아빠의 체구가 점점 작아지는 게 느껴진다. 엄마에게는 맥가

이버 아저씨였고, 나에게는 슈퍼맨이었던 아빠도 이제 예순을 훌쩍 넘겼다는 사실을 나는 여전히 쉽사리 받아들이지 못하고 있다. 언제까지나 나의 소꿉친구이자 든든한 슈퍼맨으로 남아있을 줄 알았는데, 살다 보면 도저히 익숙해지지 않는 것들이 있는 법이다.

아빠는 그 시절 아들과의 시간을 어떻게 기억하고 있을까. 서로에 대한 속 깊은 이야기들을 한 번도 나누질 못했던 것을 보면 역시나 영락없는 부자지간이다. 아무렴 이제는 내가 아빠의 슈퍼맨이 되고 싶다.

영원할 것 같았던 아빠와 나의 유년 시절도 이제는 기억 저편으로 멀어져만 간다. 나는 부디 내가 늦지 않았으면 한다. 늦지 않게 나의 마음을 꺼내 보일 수 있게 되기를, 그래서 다시 한번 일요일 아침에 서로의 등을 밀어줄 수 있는 그런 근사한 시간이 찾아오기를 바란다.

우리 가족의 소박함을 사랑한다. 언젠가 소박함을 가난함
으로 여겼던 시절이 있었다는 것을 부정할 순 없지만 자라
온 환경은 자연스럽게 나의 정서와 취향이 되어 지금의 나
를 지탱해주는 뿌리가 되었다. 하지만 돌이켜보면 나는 분
명 소박함을 부끄러워했었던 철부지 아이였다. 불필요한
것들에 대한 소비는 되도록 삼가는 부모님은 상품 자체에
만 집중했고, 그것을 둘러싸고 있는 브랜드라는 포장에 대
해서는 전혀 관심이 없었다. 나는 어린 마음에 그게 참 부
끄럽다는 생각을 했었다. 부모님의 소비 패턴을 그리고 삶
의 방식을 절제가 아닌 궁핍으로 단단히 오해했었다.

남들과 다른 자신만의 흔들리지 않는 확고한 삶의 방식이
있다는 것 자체만으로도 사람은 빛이 나기 마련이다. 기억
속의 두 분은 어떤 것들을 걸치든, 어떤 자리에서 누구와

함께 있든 자신들의 모습을 달리하지 않았다. 언제나 자신들만의 당당한 모습으로 사람 좋은 그 소박한 웃음을 잃지 않았다. 유행이나 다른 사람들의 시선 같은 것들은 본인들의 어떤 결정에 있어서 아무런 영향을 끼치지 못했고, 그런 것들은 오히려 부모님에 대한 나의 자부심이 되었다.

누구와 있느냐에 따라 시시때때로 모습을 바꾸는 카멜레온 같은 사람들이 많은 세상이다. 그런 사람들과 마주할 때마다 나는 내가 자라온 환경에서 키운 정서와는 극단적으로 다르다는 것을 본능적으로 직감하고 알레르기 반응을 일으킨다. 가까워지려야 가까워질 수 없는 그야말로 겉도는 관계인 것이다. 나는 피곤한 관계에 말려들지 않고 피해갈 수 있어서 다행이라고 생각하지만, 사람들은 카멜레온 같은 사람이 사회생활에 가장 탁월한 것이라고들 말한다.

두 분은 시간이 날 때마다 동네의 공원이나 가까운 야외의
등산로에서 산책한다. 가끔 내가 고향을 찾을 때면 나도
두 분의 데이트에 끼워주는데 그때마다 나는 조금은 슬퍼
진다. 예전에는 분명 그동안 못 다 한 이야기들을 전부 나
눌 수 있을 정도로 두 분의 체력이 좋아서 얼마든지 걸을
수 있었다. 게다가 대화를 목적으로 산책을 나섰던 적이
많았는데, 이제는 두 분이 가쁜 숨을 고르느라 대화는 줄
어들게 됐다.

산책을 즐기던 모습이 어느덧 산책을 해내는 모습으로 변
하는 걸 지켜보는 건 여간 마음이 시리지 않을 수 없다. 시
간의 흐름과 인간의 노화는 거스를 수 없는 자연의 법칙이

지만 그렇다고 하여 아무렇지도 않게 순순히 그것을 받아들이기는 쉽지 않다. 삶을 등산에 비유해볼 때, 아주 높고 험난한 봉우리 하나를 넘어서는 일과도 같아서 도달하지 못했던 높이와 체력의 한계에 맞서는 새로운 전환점에 다가서게 되는 것이다.

가끔은 두 분이 아주 느린 걸음으로 산책을 해내는 모습을 뒤에서 묵묵히 바라보며 그것보다 더 느린 걸음으로 따라갈 때도 있다. 그럴 때마다 두 분은 나를 보고 얼른 따라오라며 재촉을 하지만 나로서는 두 분의 나란히 걷는 뒷모습을 바라보고 있으면 어쩐지 마음이 참 따뜻해져서 눈물이 날 것 같았다.

이제는 노부부라고 불려도 전혀 이상하지 않은 나이에 접어든 두 분이지만 나는 두 분이 여전히 동심을 간직한 소년과 소녀 같다는 생각을 했다. 체력적으로 버거운 와중에도 아빠는 엄마의 짐을 들어주고, 엄마가 힘들어할 때마다 어디라도 자신의 옷을 바닥에 펼쳐 앉을 자리를 마련해주곤 했다. 그러면서도 틈틈이 엄마에게 장난을 치며 잔소리들을 기회를 놓치지 않는 모습이 영락없는 젊은 연인들의 모습 같았다.

소박하지 않아도 순수와 동심을 잃지 않을 수 있지만 내가 좁은 시야로 바라보며 자라온 모습의 순수와 동심은 소박함과 밀착되어 있다. 한때는 그것을 궁핍이라 여겼던 나의 부끄러운 생각의 고리가 이제는 오히려 그것을 나의 가장 커다란 축복이라 여기게 되었다.

적당함에서 더 바라지 않고 만족할 줄 아는 것, 삶의 과정에 있어서 군더더기가 무엇인지 알아채는 행운, 그리고 무엇보다 조금은 어린아이의 마음으로 세상을 살아가는 것. 이것들은 노력한다고 하여 얻어질 수 없는 유전적인 선물 같은 것이다.

어쩌면 삶은 사람들에게 순간마다 다양한 선물을 주고 있는데 다만 사람들이 이 선물을 거부하지 않고 받아들일 수 있는 시기가 다른 것뿐이라는 생각을 한다. 너무 늦지 않게 선물을 알아챌 수 있어서 다행이다. 두 분도 자식과 함께 하는 삶으로부터 작은 선물이나마 발견했어야 할 텐데 사뭇 걱정된다.

두 분이 산책하는 뒷모습을 바라볼 수 있는 날들이 오래도록 이어질 수 있다면, 숨이 가쁘고 체력이 따라주지 않을 땐 그곳이 어디일지라도 잠시 벤치에 앉아 서로의 얼굴을 마주 보며 세월을 품은 웃음을 지을 수 있는 날들이 멈추지 않을 수만 있다면, 나는 내 삶을 쪼개어 나눠드리고 싶다.

살아갈수록 내가 두 분의 아들이라서, 그리고 내가 두 분을 쏙 빼닮아서 참 다행스러운 삶이다.
두 분이 나란히 손잡고 산책처럼 걸어온 이 삶을, 나도 천천히 관조하고 뒤따르며 살아가고 싶다. 미리 걸어준 이 평범하고 소박하지만 충만한 길을 내가 좀 더 다듬으며 살아갈 수 있다면 좋겠다.

영원한 건 없다지만 언제나 영원을 품을 수 있는 삶은 충분히 존재할 수 있다고 믿는다. 영원의 지속성보다는 영원에 대한 소박한 믿음을 품을 수 있는 삶 말이다.

오늘의
선곡

몸이 약해진 엄마를 위해 음악을 고른다. 멀리 떨어져 살 게 된 이후로는 만남보다는 만났을 때의 여운을 연료로 떨 어진 삶을 데우며 살아가게 되는 것 같다. 엄마의 심란하 고 연약한 마음이 조금이나마 안정을 찾을 수 있도록, 그 리고 음악을 골라준 아들의 성의와 순간의 장면들이 떠올 라 자신이 무너지려는 순간에도 삶의 버팀목으로 삼을 수 있도록 말이다. 곁에 없을 때도 아들의 흔적과 잔영이 엄 마를 지켜줄 수 있게 되기를 희망하며 선곡한 음악을 먼저 들어본다.

엄마와 나는 혼자 있는 시간이 다른 사람들에 비해 유난히 도 많았다. 홀로된 고독에서 벗어나고 싶을 때조차 우리는 선뜻 서로에게 손을 뻗지 못한다. 그만큼 서로 비슷하지 만, 또 그만큼 서로 달라서 벽을 사이에 두고 오랜 세월을 보낸 우리는, 여전히 벽을 더듬으며 건너편에 봉인된 서로의 지난 시간을 아쉬워한다. 그 시간을 거슬러 되돌아갈 순 없겠지만 이제라도 그 벽을 허물고, 그것으로 다리를 만들어 서로에게 건너갈 수 있다는 믿음으로 살고 싶다.

어느 때보다도 음악을 신중하게 고른다. 이럴 때는 내가 엄마의 아들이라서, 음악에 대한 취향마저도 비슷해서 참 다행이라는 생각이 든다. 오늘의 선곡이 마음에 드는지 엄마가 자꾸만 나를 안으려 한다. 한없이 작아진 몸으로 내 품에 꼭 안긴 채로, 힘겹게 사랑한다고 말한다. 언제나 그랬듯 엄마는, 그리고 우리는 또 한번 잘 버텨낼 것이다. 누군가에게는 너무도 평범한 일상이 누군가에게는 이상처럼 꿈같은 일이 될 수 있다는 사실을 나는 너무도 늦게 깨닫고야 만다.

오래된
서적

샐린저의 〈호밀밭의 파수꾼〉 1952년 버전이 엄마의 서재에 있었다는 걸 지금에서야 알게 됐다. 누구보다 성장통을 깊게 앓고 있던 시절에 사람보다 더 깊숙이 내 마음을 헤아려줬던 작품이다.

홀든은 내가 다 자랐다고 믿었던 시절에도 나에게 무수한 질문들을 던졌다. 나는 과연 삶을 주체적으로 살아가고 있는지, 아니면 그저 다른 사람들처럼 주류에 편승하기 위해 가까스로 꽁무니를 쫓아가고 있는 것은 아닌지를 말이다. 먼 길을 떠나는 친구에게 추천해준 책이기도 하고, 좋아하는 책이 있냐고 물으면 서슴없이 대답하는 책 중의 하나인데, 이렇게 내가 태어나기 훨씬 전의 버전을 마주하게 되니 감회가 새로웠다.

엄마도 나처럼 이 책을 품에 끼고 무수한 밤을 지새웠을 것이다. 그러다가 마음에 드는 문장과 마주하면 무심한 듯 소중하게 펜으로 밑줄을 그었을 것이고, 그 문장을 영영 기억하려 했을 것이다. 자신이 밑줄을 그었는지도 기억하지 못할 만큼 시간이 흘렀겠지만, 한번 읽었던 문장은 다시 마주하는 순간 그 과거의 순간을 온전히 현재로 소환하곤 한다.

〈호밀밭의 파수꾼〉을 읽었던 날들의 장소와 기분, 그리고 그 시절의 방황과 고뇌의 순간들이 2019년이 된 지금으로 돌아온다. 오래된 서적에서 풍기는 퀴퀴한 냄새들 사이에서 나는 젊은 시절 엄마가 남겨놓은 흔적들을 따라간다. 아니나 다를까 내가 밑줄을 긋고 싶은 곳마다 이미 밑줄이 그어져 있고, 아끼는 페이지마다 유난히 종이는 더 색이 바래져 있다. 엄마는 홀든과 무슨 대화들을 나누며 젊은 시절을 보내왔을까.

'누구에게든 아무 말도 하지 말아라. 말을 하게 되
면, 모든 사람들이 그리워지기 시작하니까.'

유난히 아끼는 샐린저의 문장인데 역시나 여기에도 밑줄
이 그어져 있다. 엄마는 저 문장을 어떻게 받아들였을까.
엄마가 홀든과 나눴던 대화들을 조용히 엿듣고 싶다. 샐린
저의 작품에 몰래 숨어들어 나는 젊은 시절의 엄마에게로
향한다.

아빠가 되는
친구에게

언제부턴가 관계가 더 늘지 않고 있다는 생각을 한다. 분명 휴대폰 속 전화번호는 드물게라도 조금씩 늘어가지만 진짜 관계는 이미 멈춰진 지 오래되었다. 언제나 그렇듯 새로운 사람들 앞에서 자신의 날 것 그대로의 모습을 드러내놓고 관계를 맺는 건 너무도 어렵다. 특히나 다 커버린 동성 간의 만남에서 진짜의 관계를 맺게 되는 건 거의 행운과도 같은 일이 아닐까.

추억을 공유하고 있는 오래된 관계들 틈으로 그들이 갑자기 들어오거나 받아들여지는 일은 웬만해선 일어나지 않는다. 그런 나의 삶에도 소중한 부분을 기꺼이 내려놓을 수 있게 만드는 몇 명의 사람들이 있다. 가족일 것이고, 연인일 것이고, 또 몇 안 되는 진짜 나의 친구들일 것이다.

얼마 전 인터넷을 뒤적거리다 고등학교 시절 유행하던 미니홈피의 다이어리를 발견했다. 그 속에는 가장 친했던 세

명의 친구와 함께 쓰던 비밀일기장이 있었는데 역시나 우리의 끈기는 페이지 열 장을 넘기지 못했다. 그러다 내가 적어놓은 페이지를 발견했다.

'정작 소중한 사람들에게는
왜 다들 가장 소홀한 걸까.'

왜 사춘기 소년이 저런 서글픈 구절을 남겨놨는지는 기억나지 않지만, 그때의 나를 무슨 이유로든 서운하게 만들었던 그 친구들이 아직도 내 곁에 가장 소중한 친구들로 남아 있다. 아마도 소중한 만큼 기대했던 것들도 많아 몰래혼자 서운했던 게 아니었을까. 그중 한 친구가 우리 중 가장 먼저 운전을 하기 시작했는데 워낙 속도를 즐기는 편이라서, 심지어 엄마가 절대로 그 친구 차에는 타지 말라고 신신당부까지 했었다. 나는 그때 내가 그 친구에게 보냈던 문자메시지가 아직 눈에 아른거린다.

'네가 먼저 죽으면
나는 어떻게 살아야 할지를 모르겠어.
그러니까 차 좀 안전하게 몰아라.'

사고가 나서 같이 죽을지도 모르는 위험보다 그 친구를 너무 일찍 잃게 될 게 훨씬 두려웠다. 내년이면 아빠가 되는 그 친구는 그때의 내 마음을 알아줬을까. 아마 알아줬겠지만 서로 멋쩍은 나머지 고맙다는 표현 대신 어깨를 툭 치며 대수롭지 않은 말들로 얼버무렸던 것 같다. 이제는 한 아이의 아빠로서 굳이 내가 말하지 않아도 스스로 지켜야 할 사람들을 책임지며 살아가겠지.

관계의
굴레

초등학교 때였다. 새 학기가 찾아오고 반이 바뀌었다. 한 친구와 나는 눈물의 작별 인사를 나누며 각자 새로운 반에서 낯선 아이들과 짝이 되었다. 쉬는 시간 종이 울릴 때마다 복도에서 친구를 만나 서로를 그리워했다.

"새로운 반 애들 되게 이상해.
그냥 너랑 계속 같은 반이면 좋겠다."

잡지도 않던 손까지 잡으며 우리는 쉬는 시간마다 재회와 작별을 반복했다. 서로의 반이 일찍 끝나면 복도에서 서로를 기다려주는 날들의 연속이었다. 어쩌다 시간이 엇갈려 친구를 잠시라도 볼 수 없던 시간에는 다음 수업을 알리는 종소리가 어찌나 원망스럽던지. 다시 예전의 반으로 돌아가 함께할 수 있게 된다면 얼마나 좋을까 수도 없이 생각했다.

그런데 서로의 쉬는 시간이 엇갈리는 날들이 많아지면서 온종일 서로 볼 수 없는 날들도 있었다. 처음에는 친구가 보고 싶어 죽을 것만 같았는데 이상하기만 했던 새로운 반의 친구들도 그럭저럭 어울리기에 괜찮아졌다.

하루는 친구가 밖에서 우리 반 창문으로 나를 바라보고 있는 줄 알면서도 복도로 나가지 않았다. 아니, 친구가 기다리고 있다는 걸 깜빡했다. 그렇게 서로는 계속해서 엇갈리며 서로의 빈자리를 다른 친구들로 채워나갔다. 그렇게 언제부턴가 더는 서로를 기다리지 않게 되었다.

그리고 이것이 평생 반복되며 앓게 될 관계의 굴레라고는 그때는 전혀 알지 못했다.

우리가
멀어지던
그 순간

어린 시절 나에게는 외톨이가 될지도 모른다는 두려움이 있었다. 좋아하는 친구가 어느 순간 갑자기 나를 멀리하던 그 순간의 감정을, 그 눈빛을, 그리고 나를 지켜보며 비웃던 수많은 아이의 표정을 나는 여전히 잊지 못한다. 사랑을 알지 못하던 그 시절에 나의 세상은 오로지 친구들로 이루어졌다. 좋아하는 친구가 나를 대하는 표정과 말투의 작은 변화에도 나는 상당히 예민하게 반응해서 그날의 기분은 온전히 그 친구에게서 비롯되곤 했다.

하루는 친구가 나를 바라보는 시선이 조금 차가워진 것 같고, 나를 퉁명스럽게 대하는 걸 보면 혹시라도 나도 모르게 실수를 했나 싶기도 하고 걱정이 이만저만이 아닐 수밖에 없는 때가 있었다. 이유를 물어봐도 친구는 얼버무리기만 하고, 마치 내가 그냥 불편하고 귀찮다는 듯 외면하고야 마는 그런 때 말이다. 알고 보면 친구가 반에서 나보다

인기 있고, 공부 잘하고, 과자도 잘 사주는, 그러니까 한마디로 나보다 훨씬 영향력이 있는 아이와 친해졌기 때문이었다.

항상 그 친구의 책상 주변에는 반 아이들이 모여들었다. 환한 얼굴로 서로의 간식을 나눠 먹기도 하고, 서로를 칭찬하기도 하고, 때로는 다른 아이들을 함께 놀리기도 하면서 그렇게 무리를 이뤄갔다. 그나저나 그 영향력 있는 무리가 나를 탐탁지 않게 여겨 내 친구는 이제 슬슬 나와 멀어질 준비를 하는 것 같았다. 인기 있는 그들의 무리와 어울리기 위해서 나는 그 친구와 절교 비슷한 걸 해줘야만 했던 것 같다. 그때는 그 친구가 나를 배신했다는 원망만이 가득했는데 돌이켜보면 나도 누군가에게는 절교를 강요하며 살아오지 않았을까. 나는 이 질문에서 완벽하게 자유로울 수는 없었다.

내 기억 속 어떤 친구가 있다. 나는 대학 시절 그 친구가
좋은 사람이라는 것을 알고 있었다. 겉보기에는 거칠고 철
없어 보이는 부분도 많았지만 속은 누구보다도 여리고 따
뜻한 친구였는데 사람들은 그 친구의 겉모습만 보고 판단
하니 참 속상한 노릇이었다. 그런데 문제는 사람들은 생각
하기 쉬운 대로 생각하고, 믿고 싶은 대로 믿는다는 것이
었다. 친구는 끼리끼리라며 나도 어느 순간 사람들로부터
그 친구와 똑같은 평가를 받으며 나는 그 친구가 서서히
불편해지기 시작했나 보다.
어쩌면 나는 사람들로부터 오해를 받는 게 두려웠던 것 같
다. 자꾸만 나도 모르게 그 친구와 거리를 두려 하는 나를
발견할 수 있었고, 계속해서 이렇게 지내다가는 우리만 외

딴 섬에 갇힌 신세가 될 것 같다는 생각이 들었다. 우리는 그렇게 서서히 멀어져갔다. 정확히는 내 쪽에서 절교를 강요한 것이었다. 그렇게 나는 영향력 있는 무리 쪽으로 들어가서 나를 오해하는 사람들에게 나는 그런 사람이 아니라며 무던히도 변명을 늘어놨다. 돌려 말할 방법은 많았겠지만, 이 모든 것들은 결국 나를 지키기 위함이었다.

지금의 내가 여기에 있기까지 나는 얼마나 많은 나의 입장과 남들의 시선과 타협이 있었던 걸까. 그러는 동안 내가 들여다보지 못한 아니, 들여다볼 생각도 하지 못한 그 친구들은 그때 대체 어떤 심정으로 나를 바라봤을까. 그때 그렇게 스쳐 지나간 그 친구들은 지금의 나를 어떻게 생각하고 있을까. 누구보다도 많이 자신에게 상처를 줘놓고 이렇게 위선을 떨며 살아가고 있다고 생각할 수도 있겠고,

그때는 어렸으니까 너도 너를 지키는 게 가장 중요한 일이 었을 것이라고, 나의 어깨를 토닥여 줄 수도 있을 것 같다. 그때보다 더 많은 나만의 입장을 갖게 됐다. 예전에는 없었던 지켜야만 하는 것들이 많아졌고, 무엇보다 겁도 많아져서 도무지 다른 사람의 처지를 생각하려 하지 않게 된 것이다. 속물이 되는 것은 생각보다 너무도 간단하다. 자신이 추구하는 어떤 한 가지 가치에만 눈이 멀게 되면 다른 가치들은 전혀 볼 수 없는 장님이 된다.

그런 의미에서도 그때나 지금이나 조금씩은 속물이지 않을까. 어린 시절에는 외톨이가 될지도 모른다는 두려움이 있었다면, 지금은 이미 외톨이가 됐으니 지켜온 걸 잃을지도 모른다는 두려움이 있다. 그리고 아직 이 겁쟁이의 이야기는 끝나지 않았다.

하얀 풍선의
너와 나

사랑이라는 감정에 대해서는 감히 상상만 할 수 있었던 초등학교 시절, 내가 좋아하던 소녀는 아이돌 1세대 그룹이자 여전히 전설로 불리고 있는 HOT의 팬이었다. 그 시절에는 시내 어디를 가도 그들의 노래가 울려 퍼졌고, 그들의 복장은 물론, 그들의 머리까지 따라 한 십 대 아이들로 가득했다.

수련회나 수학여행을 가는 날이면 남자아이들은 무조건 그들의 유명한 노래 중 하나를 선택해 밤낮없이 연습한 춤 실력을 뽐냈고, HOT를 좋아하던 여자아이들이라면 자연스럽게 무대에 올랐던 친구들에게 반하기 일쑤였다. 소위 잘나가는 친구들이 지나갈 때 웬만한 여자아이들은 얼굴을 붉히며 남몰래 지켜봤다.

바로 그중에 내가 좋아하던 여자아이도 있었다. 감히 HOT를 질투할 수는 없었던 나는 잘나가는 그 아이들을 질투했던 것 같다. 이대로 그녀를 빼앗길 순 없다는 마음이 타올랐지만, 그렇다고 내가 그녀와 뭘 어떻게 할 수 있겠냐는 마음도 앞섰던 게 사실이다. 요즘에는 초등학생들도 당당하게 연애를 하던데 아무래도 그 시절의 어린이들에게 연애란 밤하늘의 별 같은 것이었다. 너무나도 아름답지만 직접 가닿을 수는 없는 선망의 대상 같은 것 말이다.

짝사랑하는 아이가 그렇게 누군가에게 열광하는 모습을 지켜보는 일이란 마냥 재밌지만은 않았다. 하지만 HOT라는 거대한 산 앞에서 무엇을 할 수 있겠는가. 내가 할 수 있는 일이라고는 그녀에게 불량 식품 몇 개를 건네주며 얼버무리는 것밖에 없었다.

"이거 너 먹어.. 헤헤."

이 정도로 만족해야만 했던 유년 시절이었고, 그 정도가 나쁘지 않았던 것 같다. 설렘이라는 감정을 그렇게 처음

알기 시작했다.

그로부터 세월이 많이도 흘렀다. 꿈 많던 나는 삼십 대 초반의 평범한 직장인이 되어 일상을 건조하게 살아가고 있다. '이건 어쩔 수 없는 거야'하며 현실과의 타협이라는 변명을 하며 밥벌이를 이어가고 있다. 짝사랑하던 그녀는 이제 전혀 연결되어 있지 않지만, 그녀도 어쩌면 나처럼 평범한 직장인으로, 또 어쩌면 한 아이의 엄마가 되어있을지도 모르겠다. 아무렴, 어떤 삶을 살고 있더라도 이제는 전혀 어색하지 않은 나이가 되었다. 그리고 그 수많은 소녀 팬들 또한 각자의 자리에서 제 역할을 묵묵히 해나가면서 HOT라는 소중한 추억을 가슴 언저리에 담아두고 가끔 꺼내 보며 살아왔을 것이다.

17년이라는 긴 세월이 지난 지금 MBC 무한도전 팀이 HOT의 재결성을 드디어 성사시켰다. 무엇보다 놀라웠던

건 내가 짝사랑하던 소녀의 전부였던, 그 모든 질투의 대
상이었던 HOT의 재결성에 내 가슴이 뭉클하고, 온몸에 전
율이 느껴졌다는 것이다.

그들은 짧은 시간에 90년대의 그 시절로 돌아가기 위해
밤낮없이 연습했고, 팬들 또한 그들에게 완벽하게 응답했
다. 올림픽 경기장은 그때처럼 다시 하얀 풍선의 물결들로
가득했고, 미처 티켓에 당첨되지 않은 팬들은 경기장 바깥
에서 콘서트가 끝날 때까지 응원을 멈추지 않았다. 그 시
절을 지배했던 노래가 다시 울려 퍼졌고, 그 시절 소녀 팬
들에게 전부였던 그들이 다시 돌아온 것이다. 17년이라는
긴 세월을 기다리면서, 언젠가 우리 오빠들이 다시 돌아올
것이라는 굳건하고 따뜻한 믿음의 실체를 보고 있자니 나
도 모르게 눈물이 계속 흘렀다. 어떤 사랑보다도 끈끈하고
의리 있는 관계였다. 다섯 멤버들은 온 힘을 다해 준비한

모든 것을 보여줬고, 마지막 무대는 그들이 오래전 팬들을 위해 만들었던 '너와 나'라는 이름의 노래였다.

차마 그들은 노래를 이어갈 수 없었다. 아마도 목소리보다 눈물이 먼저 나왔을 것이다. 두 시간여의 공연이 끝나고, HOT와 팬들은 다시 헤어졌지만, 그들은 이제 다시는 예전처럼 헤어지지 않을 것이다. 긴 세월 동안 변치 않는 믿음의 실체를 서로에게 보여준 그들에게는 이제 세월 같은 건 전혀 두려운 존재가 아니었다. 의심으로 가득 찬 세상 속에서도 이렇게 믿음이 더 확고해지는 때가 있다. 시간으로만 증명할 수 있는 것들이 세상에는 생각보다 많은 것일까. 그때는 되지도 않던 질투심에 당당하게 말하지 못했던 사실이 있다. 짝사랑하던 그녀가 HOT에 열광하던 그 만큼, 실은 나도 그들을 무척이나 좋아했다.

모두 떠난
놀이터에서

학교 수업이 끝나면 동네 친구들과 나는 약속이나 한 것
처럼 아파트 단지 안에 있는 놀이터로 모였다. 요즘 아이
들처럼 방과 후면 안경을 쓰고 학원가를 누비거나, 비디오
게임기 같은 기계들이 뛰어놀고 싶은 욕구를 잠재울 만큼
매력이지 않았던 시절이었기 때문일 것이다. 흙과 몇 가지
단순한 철제 놀이기구가 전부였던 공간에서 우리만의 놀
이를 만들어냈다. 우뚝 솟은 아파트 단지가 숲처럼 놀이터
를 에워싸고 있는 공간은 우리의 모든 상상력이 발휘될 수
있는 실험장이었다. 축구공이나 장난감 총 그리고 팽이 같
은 것들이 있다면 있는 대로, 없다면 없는 대로 그에 걸맞
은 신기한 놀이를 만들어내 흥미가 떨어질 때까지 그 놀이
만을 줄기차게 이어갔다. 매일 저녁이 찾아와 한 명씩 저
녁밥을 먹으러 집으로 끌려가기 시작해서 마지막 한 명이
남을 때까지 우리들의 놀이는 계속되었다.

그렇게 우리는 한 명씩 놀이터로 직접 찾으러 온 엄마들의 손을 잡고 사라지기 시작했고, 결국은 마지막까지 홀로 남겨진 아이가 존재하기 마련이었다. 아주 단순한 사정에서부터 아주 무거운 사정까지 그 아이에게 남겨질 이유가 될 수 있는 일들은 셀 수 없이 많았을 것이다. 하지만 그때의 우리는 왜 항상 그 아이만 마지막까지 남겨질 수밖에 없는지에 대해 무관심했다. 언제나 우리가 모두 집으로 돌아가는 뒷모습을 무심코 바라보기만 했을 그 아이의 깊은 쓸쓸함을 들여다보지 못했다. 단순한 우연의 일치일 수도 있겠지만 남겨진 아이는 순서가 정해져 있는 것처럼 언제나 마지막까지 남겨져 있었다. 왜 그때의 우리는 그 아이의 사정에 대해 한 번도 궁금해하거나 묻지 않았던 걸까. 그 나이 또래의 아이들에게 쉽게 바랄 수 없는 세심한 마음일 수도 있겠지만, 그 사려 깊은 아이가 왜 내가 되면 안 되었는지 부질없는 욕심만 내본다.

그런 의미에서 우리는 분명 한 시절과 한 공간을 공유했던 아이들임에는 분명하지만, 그곳에 머물렀던 기억은 저마다 다를 수밖에 없을 것이다. 각자의 추억에도 무게가 있어서 같은 기억을 만들어낸 우리들이지만 누군가에게 그 기억은 거뜬히 목말을 태워줄 수 있을 만큼 안락한 무게가 될 수도 있고, 또 누군가에게 그 기억은 감당할 수 없을 만큼 무거워 본인을 짓누르고야 마는 불편한 무게를 갖게 될 수도 있다는 점이다. 그래서 가끔 사람들은 추억이 되지 못한 기억에 평생을 짓눌려 살아가기도 하는 게 아닐까.

이제는 많아 봐야 일 년에 다섯 번 정도 고향을 찾아 그 놀이터를 지나치게 된다. 위치와 놀이기구들은 여전하지만,

이 공간을 시끄러울 정도로 가득 메우곤 했던 아이들의 소리는 흔적을 감췄다. 이따금 놀이터에 있는 벤치에 앉아 통화하는 사람들만이 눈에 띌 뿐이다. 집으로 가던 길에 문득 그 시절의 기억에 사로잡혀 벤치에 잠깐 앉아 청승을 부려본다. 날마다 해맑은 안녕만을 남긴 채로 뒤돌아섰던 우리의 순수한 무관심이 어쩌면 그 아이에겐 무심한 폭력이 될 수도 있지 않았을까 하는 생각을 너무도 오랜 시간이 흐른 지금에서야 해보는 나를 원망해본다. 우리가 모두 떠난 놀이터에서 그 아이는 홀로 얼마나 많은 감정과 마주해야 했을까. 그리고 지금 우리는 서로에게 어떻게 기억되고 있을까.

#03

나를 기억하다

가장 쉽고 당연했던 일이 어느새 가장 어렵고
복잡한 일이 돼버린 것만 같다. 어른이 된 나는
삶을 굳이 어렵게 살아가려 노력한다.

고유한
성향

같은 헬스장을 5년째 다니고 있다. 기억이 맞는 것이라면 지금까지 일주일 이상 헬스장을 멀리한 적이 없다. 폭염이나 혹한 속에서도, 주말이나 연말연시에도, 심지어는 컨디션이 좋지 않을 때도 그런 것들이 별 상관이 없는 것처럼 나는 지금까지 해오던 것처럼 꾸준히, 어쩌면 미련하게 같은 장소를 오갔다. 그 오랜 세월을 다닌 곳이지만 나는 여전히 헬스장에서 친분 있는 사람 하나가 없다.

트레이너들은 몇 달씩 지점을 옮겨가며 근무를 하는지 자주 낯선 얼굴들을 발견하게 됐고, 그들에게 나도 낯선 존재 그 이상도 이하도 아닌 사람이었다. 서로 눈인사만 할 뿐 그 이상의 친분이 쌓이지는 않았다. 대부분의 회원은 새해나 여름철이 되면 약속이라도 한 듯이 몰려왔다가 다시 떠나갔다.

간혹 나처럼 시기를 타지 않고 꾸준히 나오는 사람들이 있는데 그렇다고 그들과 대화를 섞지는 않는다. 우리는 서로의 존재를 인식할 뿐 바로 옆에 머물고 있으면서도 스치는 중인 것이다. 헬스장뿐만 아니라 한번 갔던 장소가 그럭저럭 괜찮다면 굳이 다른 곳으로 옮기지 않는다. 지금 다니고 있는 미용실도 한 달에 두 번 이상 방문해서 항상 같은 사람에게 같은 스타일로 관리를 받지만, 우리의 대화는 일회용에서 벗어나지 못한다. 마치 일일 시트콤처럼 날마다 에피소드를 주제로 이야기할 뿐이다. 물론 그 이상의 대화가 필요한 것은 아니다. 그것은 분명 우리 둘 모두에게 불편함이 될 수도 있으니까. 헬스장이든 미용실이든 나는 오랜 단골손님이지만 그들이나, 나나 우리는 서로에 대해 아는 것이 없다.

주변에는 그런 사람들이 있다. 친화력이 좋아서인지 넉살이 좋아서인지, 처음 방문하는 식당에서도 이모님들과 친해져서 반찬을 더 얻는 특혜를 받게 된다든지, 헬스장 트레이너들이나 매일 보는 회원들과도 친해져서 정기적으로 같이 밥도 함께 먹고 여행도 가는 그런 사람들 말이다. 그런 사람들을 선망했던 적이 있었던 것 같다. 나도 작정하고 처음 방문했던 그 순간부터 그런 이미지로 다가갔다면 나 역시도 지금쯤 모든 사람과 장난도 치며 친하게 지냈을 테지만 그것은 나의 기본적인 성격이나 정서는 아니다. 그들은 나에게 부럽지만 넘보기엔 버거운 성격의 소유자들인 것이다.

단골 가게들에서도 그들과의 관계가 깊어지지 못하는 이유는 수많은 사람을 상대해야 하는 직업을 갖고 있기 때문에 일 이외에서는 사람들로부터 최대한 벗어나 있으려는 성향이 생긴 것 같기도 하다. 타인의 포화 속에서 밥벌이

하는 사람이기 때문에 퇴근 후에는 가급적이면 나만의 공간과 나만의 거리를 유지하려 애쓴다. 그 안에 들어올 수 있는 사람들은 모두 내가 애지중지하는 극소수의 사람들일 뿐이고, 다른 사람들이 그 영역 안으로 넘어오려 하면 대부분 방어적인 자세를 취한다. 이렇게 말하면 안 되는 것이지만 사실 이제는 모르는 사람들이 귀찮다. 왜 이렇게 된 것일까. 직업적인 영향이라고 보기보다는 역시나 나의 타고난 성향과 세월과 관계의 상관관계 탓이라고 예측할 수 있을 뿐이다.

점점 더 타인을 겉돌며 살아간다. 내가 지켜온 삶의 방식들을 내려놓기가 힘들어지고, 내가 구축해온 나만의 진리에서 벗어나기가 어려워진다. 내가 지어놓은 자그마한 옷장 크기의 감옥에서 좀처럼 나오려 하지 않는다. 그 안에

꾸역꾸역 내가 사랑하는 사람들만 집어넣으려고 애쓰면서 말이다.

솔직히 한번 물어보고 싶다. 타인의 포화 속을 걷고 있는 지금의 우리는 서로 가까워질 수 있는 사람들인가. 우리는 서로에게 그만큼 쏟을 만한 에너지를 남겨둔 사람들인가. 타인으로부터 무엇인가를 기대하지 않는 최소한의 순수를 간직하고 있는 사람들인가. 내성적이던 어린아이가 참 많이도 변했다고 생각했는데 나는 아마도 그대로인 것 같다. 다만 외향적이어야만 살아남을 수 있는 순간들이 많아서, 그때 잠깐씩 쓰던 가면이 피부에 달라붙은 채 그것을 나라고 착각하며 살아왔는지도 모른다. 사람은 결국 자신의 타고난 고유한 성향으로 회귀하는 걸까.

한국에서 입던 가장 두꺼운 옷을 챙겨왔지만 익숙지 않은
네덜란드 추위에는 어림도 없었다. 추위로 휴대폰이 방전
되기도 한다는 걸 그때 처음으로 알게 됐다. 이름만 들어
도 가슴이 저릿한 이름 반 고흐. 그를 만나러 암스테르담
에 위치한 '반 고흐 미술관'으로 향하는 날이었다. 한국에
서 미리 예매했을 뿐만 아니라 오직 그날만을 기다리며,
몇 권의 책들과 영상들로 설레는 마음을 다잡으며 고대
해 왔다. 어렸을 적부터 항상 MP3 재생 목록에 담아두던
'Don Mclean'의 'Vincent'를 반복해서 들으며 고흐의 흔
적들을 마주하기 위한 감성을 끌어내려 애쓰기도 했다. 저
멀리 미술관이 보이기 시작했고, 걷잡을 수 없는 매혹에
빠져들 듯 미술관으로 들어갔다.

고흐가 남긴 수많은 그림과 편지들, 그리고 그것을 오랜

시절 소중하게 간직해준 사람들과 늦게나마 고흐의 천재성과 그의 삶을 찬미하기 시작한 사람들의 흔적이 미술관 곳곳에 전시되어 있었다. 한국과의 시차를 겪으며 머리는 지끈거리고, 다리는 저렸지만 나는 온종일을 고흐의 작품들 곁에서 보냈다. 고흐는 숨을 거두고 오랜 시간이 흐르고 난 뒤에야 비로소 가장 대중적이고 사랑받는 화가가 되었다. 많은 사람은 그가 겪은 삶은 기형적인 정신 상태에서 비롯한 고통 자체였고, 남긴 작품들은 광기의 예술이라고도 말한다.

예술가의 정신 상태와 창작 의도를 진찰하려는 것만큼 어리석은 것도 없다고 생각한다. 이를테면 학창시절 우리를 지독하게 괴롭혔던 언어영역에 시인의 창작 의도를 맞춰보라는 객관식 문제에서 정해진 한 가지 답을 고르라는 것과도 같다. 암기해서 정답을 고를 수 있을진 몰라도 그것이 과연 예술가의 마음이 될 수 있을까. 소견은 자유지만 진단은 조심스러워야만 한다고 믿는다.

살아있을 당시에도 사람들로부터 정신병자라는 낙인이 찍힌 채로 살았던 고흐의 삶이 죽음 직전까지 타오를 수 있었던 건 예술에 대한 집착과 세상을 바라보는 따뜻한 시선과 마음이 있었기 때문이 아닐까. 자신이 소멸하는 줄도 모르고 가진 온기를 전부 나눠주는 사람들이 있다. 그런 사람들 곁에 있으면 저절로 온기가 전해지듯 그가 남긴 작품들에서도 감출 수 없는 온기가 배어 나오는 것 같다.

반 고흐 미술관에 다녀온 뒤 일 년이라는 시간이 지났다. 고흐 덕분에 암스테르담은 내게 있어서 최고의 유럽 도시가 되었고, 그곳에 대한 그리움이 짙어진 지금, 때마침 영화 '러빙 빈센트'가 개봉을 했다. 무려 10년이라는 기간 동안 기획하고, 화가들이 직접 수작업으로 만들었다는 애니메이션인데, 인간미를 품은 광적인 붓 터치의 화가 고흐의 삶과 죽음에 대한 이야기를 다시 한번 되돌아볼 수 있었다. 고흐에게 그림이란 정신질환의 결과물이 아닌 극복의 산물이었다는 미술관 오디오 가이드의 마지막 목소리가 여전히 귓가에 맴돈다.

사람들은 고흐의 삶이 고통으로 얼룩진 비극이었다고 말하지만, 과연 고흐 자신도 자신의 삶을, 단지 비극이었다며 머리를 감싼 채 절망의 표정을 지을까. 삶을 파먹는 고통에서 비롯된 작품들이 역설적으로 너무도 아름다운 결과물을 낳는다면 그 예술가는 행복과 마주할 수 있을까. 뒤돌아보는 고흐의 저 깊은 침묵의 눈빛에 담긴 의미를 읽을 수 있다면, 바로 그때가 된다면, 나는 그 대답에 조금이나마 가까워지길 바라본다.

글을
쓴다는 것

글은 매력적인 만큼이나 위험하다. 말을 잘하는 사람에게
는 현혹되기 전에 이 사람이 사기꾼일지도 모른다는 의심
을 하기도 한다. 그런데 글을 잘 쓰는 사람을 마주할 때나,
좋은 문장을 읽을 때는, 명백한 진심이라고, 글을 이렇게
나 잘 쓰는 사람이 올곧지 않을 리가 없다고, 의심이라는
단어를 생각할 겨를도 없이 현혹되곤 한다.
매력적인 글은 너무도 쉽게 사람의 마음을 매료시킨다. 그
렇게 한 사람의 작가와 한 줄의 문장은 생각보다 쉽게 누
군가에게 종교가 되는 것이다.

글을 다루는 사람들이 다른 사람들보다 상대적으로 올곧
거나, 성숙하리라는 믿음은 어리석은 편견이 아닐까. 글
은 엉덩이로 쓰는 것이라는 말이 있는 것처럼, 결국은 오
랜 시간 꾸준히 앉아서 '제작'하는 성실함의 산물이다. 한

사람의 영혼에 감동을 준 작가나 문장들은 이제 그 사람의 삶의 좌표가 된다. 맹신이라는 말이 이렇게 어울릴 때가 또 없을 만큼 맹목적으로 작가의 문장을 따른다.

말은 주워 담을 수 없다지만 시간의 흐름에 희석되기 마련이다. 하지만 글은 신중함의 결과라는 착각이 따라오기 때문에 더욱 진심으로 느껴진다. 시간에 희석되기는커녕, 오히려 그 문장 안에 영원히 봉인될 뿐이다. 과거에 치기로써 내려갔던 어리석은 문장들이 삶을 끈질기게 따라다니며, 나를 가두기도 한다. 단어 하나하나가 모든 것의 모든 증거자료가 되어 환생한다. 누구나 글을 쓸 수 있는 시대라지만, 여전히 아무나 글을 제대로 길들일 수는 없는 것이다.

글을 쓴다는 건 자기가 쓴 그 문장 안에 영원히 갇힐 각오를 해야 한다는 것이고, 언젠가 어떤 상황이 되었더라도 그것은 분명 자기가 썼던 글이라는 걸 인정해야만 하는 무거운 일이 아닐까. 게다가 자신의 문장을 종교로 삼는 사람들이 있다는 걸 생각한다면, 유행 따라 써 내려 가는 게 아닌, 분명히 자신이 책임질 수 있는, 온전히 자신이 소화한 글만을 써 내려 가야 하는 커다란 짐을 안고 살아야 한다는 의미인 것이다. 그러니까 어쩌면 글을 쓴다는 건, 자신이 갇힐 감옥을 스스로 만들어 가는 것과도 같은 셈인지도 모른다.

기록자의
삶

아무것도 기록하지 않은 채로 한 달이 흘러갔다. 이상하게 들릴 수도 있겠지만, 나는 기록하지 않는 일상은 영원히 증발하는 것으로 생각한다. 생각해보면 기록할 것들이 없었거나, 기록하기에는 충분하지 않았거나, 기록할 만큼 정리되지 않은 일상을 보내는 날들엔 나는 아무것도 적지 않았다. 바쁘다는 건 변명이 되지 못한다. 일상이 아무리 바빠도 생각은 뇌리를 관통하고, 감정은 가슴을 비껴가지 않는다.

기록으로 삶이 충만하던 시절이 있었다. 아마도 이십 대 중후반 때였던 것 같다. 그때는 기록만으로 삶이 살아질까 싶었다. 아이러니하게도 상대적으로 안정적인 지금보다, 훨씬 더 강렬하고 치열한 정신이 무수한 불안의 밤들을 환하게 밝혀줬다. 정신과 인식, 그리고 감성적으로도 극에 달했던 지나간 시절을 그리워한다는 것은 조금은 부끄러운 이야기이다. 가끔 지난날들의 기록들을 들춰본다. 자신이 기록한 것들을 다시 마주하는 것에는 대단한 용기가 필요하다는 걸 그때마다 깨달았다. 숱한 모순과 검열의 흔적들, 부끄럽고 청승맞은 감성의 찌꺼기들, 그리고 세상에 나오지 못한 무용한 습작들.

기록의 형태와 깊이는 세월처럼 날마다 변하기에 나는 기록하지 않는 날들이 많아진다고 하여 더 불안해하지 않으려고 한다. 기록에도 개성이라는 게 있다면 다행히도 나는 그것과 예전보다 많이 밀착된 것 같고, 꾸준함은 중요하지만, 강박은 소모적이라는 것을 알아간다. 무엇보다 중요한 것은 언제든 마음의 준비가 되면 나는 나만의 개성으로 기록을 할 수 있는 사람이라고, 나 자신을 믿어줘야 한다는 것이다. 한 달을, 그리고 일 년을 기록하지 않으며 살더라도 어느 순간 마음을 다잡으면 그 기록하지 못한 세월을 한꺼번에 보상받으려는 듯이 전부 쏟아부을 수 있다는 굳건한 믿음 말이다. 나는 여전히 내면을 유유히 산책하며, 그것에서 비롯된 마음과 감정의 파문을 담담하게 기록해 나가는 영락없는 기록자일까.

나를
기억하고
있다면

책을 많이 읽는 편은 아니지만, 누군가 좋아하는 것이 있
냐고 물어보면 망설임 없이 책을 읽는 것을 좋아해요, 라
고 말한다. 책을 읽고 있으면 내가 그동안 읽었던 책들 그
리고 그것과 관련된 기억과 감정들이 연결되어 하나의 띠
를 이룬다는 느낌을 받는다. 전자기기에 오류가 발생하면
가장 먼저 리셋을 해보는 것처럼 삶에 지쳐있을 때 책을
읽으면 무뎌진 뇌에 자극을 줘서 내가 잊고 살았던 것들이
상기된다.

이를테면 오래전 숱한 고민 끝에 간신히 찾았던 삶에 대한
태도나 균형 같은 것들 말이다. 긴장 없이 살아가다 보면
그런 것들은 조금 잊히기 마련이라, 가끔은 스스로 채찍질
을 하며 끌고 가야 한다. 사람마다 자신에게 적합한 채찍
이 있을 테지만, 내게는 그게 책일 뿐이다. 많이 읽진 않아

도 가끔이나마 책을 손에 쥔다는 것 자체가 자신을 향한 다짐 같은 것이기 때문이다.

누군가는 책을 읽는다는 것을 고리타분하다고 생각할지도 모르겠지만, 개인적으로 책에 골몰해 있는 것처럼 섹시한 모습도 없다고 생각한다. 그런 모습이 되기 위해 책을 좋아하는 것은 아니지만, 그만큼 세련되고, 고상하고, 생산적이며, 남에게 피해를 주지 않을뿐더러, 게다가 자신에게 깊숙해지는 취미도 없다고 믿기 때문이다. 자신의 과거와 현재의 모습을 객관적으로 바라볼 기회와 다른 사람들이 가진 고뇌의 결실들을 한 손에 쥐어볼 수 있는데, 그게 단돈 만 오천 원 정도라면 이것은 분명 더할 나위 없이 흥분되는 일이다.

예전보다 점점 더 다른 사람과 연결되는 것을 좋아하게 된다. 연결되었다는 사실보다는 연결되었다는 '느낌'이 좋아지기 시작했다. 현실에서나 그리고 인스타그램과 같은 가상의 공간에서도 실시간으로 서로의 연결됨을 '재확인'하느라 서로의 공간을 오가며 바삐 움직인다. 그러면서도 내가 놓치고 있는 중요한 한 가지는, 다른 사람들과의 연결에만 신경 쓰느라 정작 나 자신에게는 좀처럼 연결되지 못하고 있는 점이다. 그렇게 자신만의 인식과 사고, 그리고 고유한 감정들이 다른 사람들로부터 흔들릴수록 책을 더 가까이 두게 된다. 흔들릴 때 다시 나 자신으로 돌아올 수 있게 해주는 '유일한 길' 같아서 말이다. 자신을 잃어가는 느낌이 강해질 때마다 그 균형을 되찾으려 온 힘을 기울인다.

자신의 모습이 흔들릴 때 자기 자신으로 다시 돌아갈 수 있는 수많은 방법 중에 나는 책을 선택한 것이고, 가끔 그것과 사랑에 빠지는 것일 뿐이다. 원래의 나를 기억하고 있다면 책이 비로소 나를 찾아줄 것이라고 믿는다.

무엇보다 내게로 조금 더 밀착하고 싶고, 삶을 둘러싼 사건과 감정들의 근원에 파고들며, 그렇게 모든 순간이 잊히지 않고, 끈질기게 연결되는 삶을 살아가고 싶다.

마음이 소란스러울 때마다 파주에 있는 출판단지에 다녀
온다. 일상이나 관계에 지칠 때마다 혼자 찾아가 반나절
정도 카페에서 책을 읽거나 목적지 없는 산책을 하며 위안
을 얻기도 한다. 때로는 그곳에 있는 게스트하우스에서 하
루씩 묵기도 하며 밤이 새도록 잃어버린 고독의 시간을 되
찾을 때도 있는데 그럴 때마다 마음이 재생되는 느낌을 받
는다.

파주출판단지는 책을 만드는 사람들이 모여서 일궈놓은,
책을 위한 장소이기 때문에, 자연스레 책을 좋아하는 사람
들이 모여든다. 그들은 타인의 독서를 본능적으로 배려할
줄 안다. 대화는 속삭임을 통해 전달되고, 발걸음 소리는
책장을 넘기는 소리에 묻힐 만큼이나 사뿐거린다. 카페의
음악도 사람들이 독서에 몰입할 수 있도록 잔잔한 정도로

만 흐른다.

한 마디로 파주는 번잡하고 요란한 것을 싫어하는 나에게
는 최적의 아지트 같은 곳이다. 내가 만약 누군가에게 파
주에 같이 가자고 한다면, 그것은 상대방을 절대적으로 신
뢰한다는 의미이고, 가장 소중한 부분도 공유하고 싶다는
쑥스러운 표현이다. 서울이 내가 겉모습으로 살아가는 공
간이라면 파주는 깊숙한 내면으로 살아가는 장소이다.

언젠가 긴 여행을 떠나게 될 친구와 함께 파주에 다녀온
적이 있다. 내가 잃어버린 열망과 용기를 가진 그리고 나
와 마음 한구석이 유난히 닮은 그 친구를 멀리 떠나보내기
전에 조용한 추억을 만들어주고 싶었다. 심혈을 기울여 아
끼는 책 중 하나를 골랐고, 또 가장 아끼는 그림이 그려진

엽서를 하나 골라 빼곡하게 마음을 담아 편지를 적었다.

남자 둘이 파주를 찾아 함께 차를 마시며 책을 읽는 모습
도 어색한데, 선물까지 주고받는 모습이란 흔하지 않았을
것이다. 파주가 아니라 서울의 흔한 카페에서 만나기로 했
더라면 선물까지 준비하지는 않았을 것이다. 파주라는 도
시가 품고 있는 분위기와 나의 정서가 닮았기 때문일까.
이곳에만 오면 마음이 고요하고 정갈해져 행동까지도 감
성적으로 변하는 것 같다.

대화를 나누기 위해 이곳을 찾는 사람들은 많지 않아 보인
다. 책에 몰두하기 위해, 생각에 잠기기 위해, 일부러 사람
들을 떠나 이곳으로 모여드는 것일까. 밤이 깊어가는 줄도
모르고 수많은 책에 둘러싸여 시간을 보내는 사람들을 어

렵지 않게 발견할 수 있다. 이상하게도 독서에 몰두한 사람의 뒷모습은 자꾸만 그 사람의 사계절까지 궁금하게 만든다.

작별과 만남에도, 생각과 마음에도 조금 더 소중함을 불어넣고 싶다면, 내 삶에서 이만한 곳도 없을 것이다. 삶에 지치고, 사람에 지쳐 값을 치르고서라도 고독을 사들이고 싶을 때가 또다시 찾아온다면 나는 다시 파주로 향하게 될 것이다. 파주는 생각보다 고독과 그리 멀지 않은 곳에 있으니까 말이다.

마음이
낡길 바라는
마음

미간을 찌푸리는 버릇이 있다. 덕분에 항상 인상을 쓰고 다니는 무서운 사람으로 오해받을 때도 많다. 언제부터 내게 이런 버릇이 생겼는지 곰곰이 생각해 봤는데 아마도 고등학교 사춘기 시절부터였을 것이다.

쉬는 시간만 되면 친구들과 허기를 채우러 매점으로 향했다. 내가 빵 잘 사주는 착한 아이로 소문이 났는지, 친하지 않았던 아이들도 내게 부탁을 해왔다. 나는 거절에 익숙지 않아 돈이 있을 때는 흔쾌히 빵을 사줬고, 없을 때는 미안하다 사과를 하기도 했다. 그 모습을 한심하게 지켜보던 친구가 내게 했던 말이 가슴에 박혔다.

"그렇게 착해 빠져서 어떻게 살려고 그러냐.
이제 네 것만 사 먹어."

내가 생각해도 나는 지나치게 착했다. 아무도 나를 어려워하지 않았고 서슴없이 장난을 쳤다. 그래서 조금 더 어려워지기로 결심했다. 인상을 쓰고 다니자. 그러면 친구들이 나를 덜 만만하게 보겠지. 하지만 천성은 변하지 않았고, 나는 인상을 쓰고 다니는 만만한 아이가 되었다.

그때의 버릇이 지금까지 남아있어서 무언가에 집중하거나 생각에 잠겨있을 때는 여전히 미간을 찌푸리곤 한다.

최근에는 소개팅을 받으러 가는데 미리 상대에 대해 아무런 정보도 알아보지 않았다며 친구에게 핀잔을 들었고, 길에서 낯선 아주머니가 나눠주는 음료수를 함부로 받아마셨다고 친한 동생에게 혼쭐이 났다. 심지어는 내가 매번 집을 비워 헛걸음하는 가스 점검 기사님에게 자취방 현관 비밀번호를 한번 알려줬다가 경비 아저씨의 훈계를 듣기도 했고, 회사에서는 윗사람들에게 비위도 좀 맞추면서 제 밥그릇 챙겨 먹으라는 잔소리까지 들었다.

예전이나 지금이나 왜 이런 말들을 듣고 사는 걸까. 사람에게 크게 미련 두지 않으면서도 사람을 지나치게 신뢰하고 있는 것일까. 아직도 운명적인 만남 같은 것에 연연하는 게 잘못된 일일까. 이제는 좀 어른답게 적당히 낡고, 녹슨 무뎌진 마음으로 세상을 바라봐야만 한다고들 하는데 자꾸만 소년의 마음이 얼굴을 내민다.

순수와 동심이 어른의 사회에서는 대체로 방해가 되는 모양이다. 냉철하게 올라설 수 있어야 하는데 계산에 밝지도 못하고, 마음까지 여려서는 아무리 본질을 앞세워 봐야 남는 게 없는 것 같다.

마음이 늙지 않아 좋은 점들도 많다. 언제나 소년의 시선으로 세상을 바라볼 수 있고, 소년의 마음으로 사랑에 빠지기도 하며, 또 그만큼 이별의 아픔에 슬퍼할 수도 있으니까 말이다. 누군가는 아이 같은 마음을 간직하는 것은 이 시대에 보석 같은 축복이라고 하지만, 그것을 안고 살아가자면 어른의 세상에 섞여드는 게 쉽지 않다. 미간을 찌푸려봐야 남는 건 주름뿐이고 유약한 마음이 들통나는 건 시간문제다.

이것이 마음이 천천히 늙는 자들의 숙명이라면 그것을 완벽하게 받아들이고, 마음의 결이 비슷한 사람들과 서로 좋은 영향을 나누며 살아가고 싶다. 순수한 감정 앞에서는 여전히 속수무책이지만 이제는 마음 아픈 일들은 사양하고 싶다. 마음도 세월을 따라 고스란히 낡아졌으면 한다.

어른의
삶

사회생활을 하기 시작하면서 내면을 전부 드러낼 수 없게 되었다. 속마음을 그대로 꺼낼 수 없다는 일은 애석하지만, 덕분에 어딘가에 소속된 채로 사람들과 적당히 섞여 살아갈 수 있다는 생각을 한다. 상대방에게 내면의 민낯을 먼저 꺼내 보이는 게 관계에 있어서 가장 탁월한 만병통치약이라고 여겼던 때가 있었다. 하지만 그것은 자신과 비슷한 성향의 사람끼리만 통하는 일종의 소꿉놀이 같은 것이 아니었을까. 만약에 상대방이 자신과 전혀 다른 성향이라면, 이 방법으로 인해 쉽게 얕보일 수 있고, 더 궁금한 게 없어지면 끝내 내쳐질 수도 있다는 걸 알아간다.

서로의 마음이 통한다는 확신이 서지 않는다면, 내면을 필요한 만큼만 드러내면서, 적당 선을 유지하는 것만이 관계로부터 피로해지지 않는 방법이다. 그런데 내가 관계 속에

서 허우적대는 건, 바로 나의 뼈저린 다짐과는 전혀 상관
없이 마음대로 열리고야 마는 고장 난 마음의 문 탓이다.
내면을 절반만 보여주고 싶은 상대였는데, 이미 마음대로
열린 문틈으로는 그 이상의 내 모습이 흘러나간 것이다.
알고 보니 상대방의 성향이 상극인 사람이었다면, 아마 스
스로 무너져버리고 싶은 심정이 될지도 모른다.

닳고 닳아야만 내 마음에 달린 문의 문지기 행세라도 할
수 있게 된다는 게 슬프면서도, 고개를 끄덕거릴 수밖에
없는 것 같다. 살아갈수록 상대방보다는 나 자신에게 진실
한 내면을 보여줘야 하는 일들이 많이 일어난다. 언젠가부
터 나는 나의 속을 들여다보지 않게 됐고, 그렇게 내면의
목소리를 거부한 채 자신을 속이기 시작했다. 짐짓 변해버
린 나에 대한 두려움이나 부끄러움이었을까. 마음에서 떠

오르는 말들을 그대로 전할 수 있었던 시절이 저만치 뒤편에서 머뭇거리고 있다. 내면을 꺼내 보여주는 일, 가장 쉽고 당연했던 일이 어느새 가장 어렵고 복잡한 일이 돼버린 것만 같다. 어른이 된 나는 굳이 삶을 어렵게 살아가려 노력한다.

만남 없는
세대

우리는 실시간으로 연결되어 있지만 만나지 않는다. 언제나 서로라는 존재의 곁을 맴돌지만 마주치지 않는다. 우리는 서로의 실명을 모르고 서로의 민낯을 모른다. 우리는 서로가 꾸며놓은 각자의 방을 구경하며 그것이 서로라는 존재의 느낌이라고 믿고, 그것이 바로 서로의 본모습 일부라고 믿는다. 우리는 이미 알고 있다. 이미지는 자신을 대변해 줄 수 없다는 것을 말이다. 그런데도 우리는 서로가 정성껏 꾸며놓은 이미지에 쫓기듯 빠져들어, 오래도록 닫혀있던 자신의 방문을 열고, 한 발짝 다가서는 용기를 낸다. 다른 사람의 방문을 두드리기도 하고, 아니면 창문 너머로 몰래 방안을 훔쳐보다가 사라지기도 하고, 가끔은 방안에 배설물을 던지기도 하고, 그런데 아무렴, 어차피 우리는 서로를 모르니까 말이다.

그렇게 오래도록 알고 지내던 사람이 있었다. 꾸며놓은 공간이 풍기는 이미지가 서로가 선망하는 모습과 닮아서 우리는 종종 서로의 공간에 흔적을 남기며 지내왔다. 가끔은 내 마음을 깊숙이 들여다보는 것 같은 그녀의 실제 모습이 궁금해 그녀의 공간을 강박적으로 뒤져볼 때도 있었다. 그녀에 대한 궁금증을 참을 수 없을 때가 찾아왔을 때 우리는 만나기로 약속을 정했다. 가상 세계에서 알게 된 사람을 실제로 만날 생각을 하니 망설여지기도 했지만, 오히려 더 끌리는 색다른 기분이 들었다. 그동안 서로가 차곡차곡 쌓아놓은 서로에 대한 이미지들을 한가득 끌어안고 우리는 실제로 만났다.

인사를 나누고 서로를 재빠르게 관찰하기 시작했다. 우리가 그리던 서로의 겉모습과 목소리와 말투에서 풍기는 분위기들로 얼마나 우리가 온라인 속 이미지들과 일치하는 사람인지 파악하기 시작했다. 수많은 대화를 나누며 우리가 기대했던 서로의 내면과 정서의 생김새를 살펴봤다. 그 짧은 시간 동안 얼마나 많은 우리의 기대가 실망으로 바뀌었던 것일까. 열정적이던 대화는 서서히 정적으로 변했고 우리는 자꾸 시계만 바라봤다. 우리는 서로에게 무엇을 기대했던 것일까. 둘 사이를 감도는 허탈한 기분의 정체는 아마도 우리가 서로 만난 적도 없으면서 너무 많은 감정을 나눴던 탓일 것이다. 만약 우리가 애초부터 모르는 사람들이었다면 다음 만남을 기약할 수 있었을까. 그랬더라면 과연 우리는 다른 관계가 될 수 있었을까.

만남이 있은 이후로 우리는 예전처럼 많은 대화를 나누지 않게 되었다. 특별하다고 믿었던 관계였는데 이제는 다른 온라인 관계들처럼 주기적으로 서로에게 '좋아요'만 누르는 사이가 되었다. 하지만 그렇다고 해서 아무렇지도 않게 서로를 모른 척할 수는 없었다. 어찌 됐건 우리는 서로 적잖이 연결된 이미지들이기 때문이다. 단 한 번 만나긴 했지만 만났다고는 할 수가 없어서, 이별한 적도 없지만, 왠지 이별했던 것 같아 우리는 서로를 쉽게 떠나지 못했다.

현실 속의 사람들은 자신의 방문을 좀처럼 열려 하지 않는데 온라인 속 가상의 이미지를 향한 마음의 문은 느낌만으로도 쉽게 열리는 것일까. 그렇게 열린 문을 통해 우리는 서로 숱한 이미지와 낱말들을 공유하고, 때로는 현실에서 만나 서로의 상반되는 모습을 들키며 신인류의 관계에 적응해간다.

그렇게 우리는 언제나처럼 서로에게 스치듯 머물고, 머물듯 스치고야 만다. 그러다가 가끔은 또다시 내가 온라인에서 바라보고 있는, 이렇게 매력적인 당신의 이미지가 정말 당신의 모습일까 생각한다. 우리는 오늘도 이렇게 서로를 정처 없이 부유하며 살아간다.

오늘의
기분

어제는 첫눈이 내렸지만, 오늘은 아무런 기별이 없다. 어제는 새하얗게 황홀했지만, 오늘은 이렇게나 무미건조하다.

내 기분은 때때로 날씨에 못 박힌다. 날씨가 변하면 기분도 일 년 내내 오락가락할 것인데 그렇게 정신없이 살아갈 수 있을까 싶다가도, 생각해보니 이미 매일 다른 기분으로 살아가고 있다는 생각에 머문다. 다만 내가 똑같다고 느낄 뿐 정작 똑같은 기분으로 살았던 날은 단 한 번도 없었던 것 같다.

스스로가 내 기분에 별로 관심이 없었다. 상대방을 어떻게든 위로하려 들면서 정작 자신의 기분은 안녕한지 들여다보려 하지 않았다.

그리고는 내 기분을 단순하게만 말하려 했다.

　'행복해요.'
　'우울해요.'
　'그냥 그래요.'

기분이라는 것도 어제와 오늘 날씨처럼 무한정 다양한 것
인데 말이다. 그러다가 어딘가 고장이 날 때까지 기분을
방치한다.

　'저기요, 내 기분이 왜 이렇게 됐죠?'
　'왜긴요. 주인이 들여다보질 않는데 이렇게밖에 더
　되나요.'

관심을 두고 들여다보지 않으면 자꾸 엉켜버린 것 같다. 기분도, 성격도, 그리고 삶의 한 부분까지도. 내가 과연 다른 사람을 어떻게 대하고 있는지, 그리고 나는 내 마음을 어떻게 대하고 있는지, 가끔이라도 깊숙한 내면을 들여다봐야 하지 않을까.

들여다본다고 하여 날씨가 변하는 것은 아닐 테지만, 들여다보지 않는다면 날씨의 변화에는 도무지 기약이 없다.

자취의
역사

고향을 떠나 타지에서 살아온 나에게 있어서 자취는 필수적인 생활 일부분이었다. 서울에서 처음으로 작은 원룸을 구하려 다녔을 당시에 나는 그야말로 지방 촌놈의 순수한 마음만으로 부동산을 누볐고, 집값이나 방을 고르는 안목이 무지했었기 때문에 부동산 업자들의 아주 쉬운 먹잇감과도 같았을 것이다. 부푼 마음을 이끌고 처음 이사한 방에 몸을 뉘었을 때 세상이 나를 중심으로 움직이는 듯한 마음이 들었다. 그토록 꿈꾸던 독립이었고, 완벽한 자유를 얻은 셈이었다.

그 마음은 오래가지 못했다. 방을 구하러 다녔을 때는 미처 보지 못했던 곰팡이가 붙박이 옷장 옆에 숨어있었고, 단열 시공이 잘못됐는지 서늘한 바람이 벽을 뚫고 불어왔다. 방음도 좋지 않아 옆방의 소란스러움도 그대로 흘러들었다. 친절한 줄로만 알았던 집주인 아저씨는 세입자들의 생활을 지나치게 간섭했고, 바로 옆 건물은 재건축의 이유로 온종일 시끄러웠다. 한마디로 첫 독립생활의 터전은 나의 무지로 완벽하게 실패한 장소였다.

짧게는 육 개월 길게는 이 년마다 자취방을 옮겼다. 실패의 교훈으로 조금 더 꼼꼼하게 방을 구하기 시작했지만, 이사를 마치면 꼭 뒤늦게 알아채고야 마는 것들이 생겼다. 서민의 가정에서 평범하게 자란 대학생 신분으로 서울에서 구할 수 있는 방은 대부분 비슷한 조건과 환경이었지만 그래도 조금이나마 더 효율적인 구조와 쾌적한 환경을 위해 나는 무던히도 발품을 팔며 서울의 온 구석을 들추고 다녔다.

노량진을 시작으로, 수원, 신림, 상도, 신도림, 영등포, 종로를 거쳐 지금의 가양까지 떠돌아 왔다. 지금 생각해보면 군이 그렇게 옮겨 다닐 필요가 없었는데 당시의 나는 지금보다 훨씬 철이 없었고, 이성적으로나 감성적으로나 취약했던 게 사실이라 어떻게든 이사의 명분을 만들어냈다. 그중에서도 유독 나를 떠나게 했던 이유는 낯선 곳에서 완벽한 고독을 느끼고 싶다는 허무맹랑한 치기였다.

아무도 나를 쉽게 찾아올 수 없는 곳, 술 취한 학교 친구들이 내가 사는 곳을 찾아오다 지쳐 다른 곳으로 발길을 돌릴 만한 거리에 있는 곳, 실제로 대학생활 내내 내가 사는 곳에 들렀던 친구들은 손에 꼽을 정도였다. 대부분은 막차가 끊겨도 나를 찾아오기보단 택시를 타고 순순히 집에 들어가는 것을 택했다. 이것이 바로 내가 꿈꾸던 완벽한 자취생활이었고, 그것은 습관이 되어 지금까지도 이어지고 있다.

이를테면 어떻게든 나만의 공간을 유지하고 보호하려는 본능을 갖고 있고, 이곳에 누군가를 들인다는 것은 내 삶의 일부를 떼어주는 것과도 같다. 반대로 내가 다른 사람의 공간에 방문할 때도, 그 사람과 삶의 일부를 공유해도 부담스럽지 않을 정도의 관계가 되어야만 편안한 마음을 갖고 방문을 하게 된다. 폐쇄적인 성향이라고 볼 수도 있겠지만 익숙지 않은 사람과 사적인 공간에서 함께 있는 게 불편할 뿐이다.

대학 시절에는 반드시 이런 아이들이 몇 명쯤은 존재한다. 언제나 대문을 활짝 열어두고 누구나 반길 수 있는 털털한 성격을 가진 아이들 말이다. 막차가 끊기거나, 술에 취해 정신을 잃을 때나, 시험 기간에 밤샘한답시고 항상 많은 친구가 모여드는 자취방이 있었다. 찾아온 이들을 위해 자신의 침대와 이불을 흔쾌히 내어주고, 고향에서 부모님이 부쳐주신 맛있는 음식들을 나눠주던 친구. 가끔은 그런 넉넉한 마음을 가진 친구가 부러웠고, 이기적이고 관계를 맺고 유지하는 능력의 어딘가가 고장 난 듯한 내가 한심하기 짝이 없다고 느꼈었다. 한 번은 그 친구를 닮아가고자 막차가 끊긴 아이를 내 자취방에서 하루를 묵게 했지만 내가 오히려 손님이 된 것처럼 불편해서 잠을 설치고 말았다. 그 친구는 대학생활 동안 내 방에서 하룻밤을 묵었던 처음이자 마지막 친구가 되었다.

세월이 지나도 변하는 건 거의 없었다. 나이가 들수록 습

관은 굳어지고, 취향은 단단해지며, 자신이 살아온 길을 어떻게든 포장하려는 쓸데없는 자존심만 늘어나는 것 같다. 그렇게 나의 오랜 자취의 역사는 십 년이 넘는 시간 동안 언제나 한결같은 모습만을 유지한 채로 이어지고 있다. 나 스스로 성향이 변해야 자취의 형태에도 변화가 찾아올 텐데 나는 여전히 관계에 대해 쥐뿔도 모르며, 사랑에 대해서 조금은 안다고 착각하고 있고, 결국은 혼자 남게 될 인생인데 가족을 비롯한 소중한 사람 몇 명만 있으면 된다는 생각으로 나의 좁은 인맥에 대한 자격지심을 포장하며 살아간다.

그렇다고 돌이킬 수는 없는 일이다. 지금의 나는 관계에 대한 욕심이 더는 없으며, 다만 극히 적은 나의 관계들을 어떻게 극한의 깊이로 이끌어갈 수 있을지가 고민이다. 대학 시절 마음 넉넉했던 친구들은 과연 그 답을 알고 있을까. 자신의 것을 선뜻 내어주던 아이들이라면 나보다 먼저 그 깊이에 닿을 수도 있을 것 같다.

여전히 사람을 자취방에 들이는 게 쉽지 않다. 집이 좁기 때문이라고 믿었지만, 수차례 이사를 하며 집이 조금씩 넓어져도 마음이 넓어지는 것은 아니었다. 어쩌면 내가 사람을 쉽게 곁에 둘 수 없는 사람이기 때문인지도 모른다. 집도 마음도 이사를 이렇게 많이 다녔지만 달라진 게 전혀 없다. 나는 아무래도 조금 더 다양한 곳들을 헤매어 볼 필요가 있을 것 같다.

항구의
밤

항구라는 공간은 지극히 낭만적이다. 비행기가 없던 시절
에는 세상 수많은 만남과 작별이 이곳에서 이루어졌을 것
이다. 뜻밖의 인연과 정처 없는 기다림과, 수많은 슬픔이
항구 곳곳에 여전히 녹아있다. 게다가 이 공간에 저녁 어
스름이 드리우고 달빛이 더해지면 낭만을 위한 모든 조건
이 만들어진다.

지금이야 비행기를 타고 아무리 멀리 떠나간다 해도 하루
안에는 연락이 닿을 수 있게 되었지만, 배가 유일한 떠남
의 수단이었을 때는 어땠을까. 몇 주가 지나고, 심지어는
몇 달이 지나야 간신히 전화나 편지 한 통을 받을 수 있었
을 것이다. 그때까지는 서로의 생사조차 알 수 없는 애달
픈 기다림의 연속이 아니었을까.

언제 연락이 닿을지 모르는 상대에 대한 기약 없는 기다림
이야말로 진정한 기다림이라는 글을 읽은 적이 있다. 그런

기다림을 자처하는 사람들은 그 기다림 속에서 어떤 감정을 품고 살아갈까. 어떠한 감정도 그 속에서는 완전할 수 없었을 것이다. 위태로운 날들이 이어지지만 그렇다고 한순간에 멈출 수도 없는 그 기다림을 나는 짐작할 수조차 없다.

실시간으로 수많은 사람과 연락을 주고받는 이 간편하고 편리한 시대에서도 나는 기다리는 것에 소질이 있다고 믿었다. 그렇지만 소질도 시대의 흐름에 묻혀갔다. 실시간으로 언제든 연락이 가능한데도 불구하고 연락이 잘되지 않으면 불안과 초조함에 휩싸이곤 했다. 그렇게 상대방에게 서운함을 토로하고, 그러다 관계를 망치고.
실시간 소통에 대한 강박과는 달리 항구를 이루고 있는 것들은 전부 느리게 흘러간다. 떠나고 돌아오는 속도도, 만남과 작별을 이루는 수많은 포옹과 손짓들의 속도도, 그리고 서로의 시야에서 멀어져가는 속도조차도. 과거의 내가 항구의 분위기를 닮았더라면 서로를 재촉하지 않고 천천히 기다려줄 수도 있었을까. 아니면 속도는 핑계일 뿐이고 마음의 문제였던 것일까.

이제는 어딘가로 이동을 하기 위해 항구를 찾는 사람들은 많지 않다. 대신 배를 타고 어딘가를 둘러보기 위해 그리고 분위기를 즐기기 위해 항구를 찾는다. 아날로그를 그리워하는 마음은 단지 지나간 시간을 그리워하는 마음일까 아니면 현실에 결핍을 느껴 시간을 돌리고 싶은 소망 같은 것은 아닐까.

만약 그때로 다시 돌아간다면 우리는 아마도 또 그 이전의 과거를 그리워하게 되진 않을까. 과거를 그리워하는 것은 피할 수 없는 인간의 숙명 같은 것인지도 모른다.

오늘도 일상을 살아간다. 언제나 어제와 별반 다를 것 없
는 오늘을 살아가고, 내일을 기대하지만 결국은 오늘처럼
보통의 하루를 보내게 될 것을 알고 있다. 비슷한 일상들
이 반복되지만, 당신과 나의 일상이 비슷하다고는 말할 수
없다. 일상은 우리에게 전혀 다른 '인상'이 되어 받아들여
지기 때문이다. 매일 마주치는 사람들과 감정 그리고 장면
들은 개인의 숫자만큼 다르게 해석되어 자신만의 풍경이
된다. 이를테면 극장에서 영화를 보는 도중에도 같은 장면
이 관객 각자에게 전혀 다르게 해석되는 풍경이 되어, 모
두가 울고 있을 때 유독 혼자 웃는 관객이 있고, 한편으로
는 모두가 웃고 있을 때 혼자 눈물 흘리는 관객도 있게 되
는 것처럼 말이다.

매일 걷는 출근길의 똑같은 거리도 계절이 데려오는 변화

에 따라 전혀 다른 분위기를 자아낸다. 봄의 거리에는 짧지만 강렬한 설렘이, 여름에는 설렘의 여운을 만끽하는 안정감이, 가을에는 안정이 권태가 되는 허무함이, 그리고 겨울에는 작별이 새로운 계절을 향해 나아가는 가능성으로 가득하다. 하지만 당신에게는 사계절이 품고 있는 분위기가 나오는 정반대의 방향으로 흘러갈지도 모른다. 어쩌면 시선의 방향이 자신만의 고유한 풍경을 만드는 것이 아닐까. 밝음을 쫓는 시선과 어둠을 쫓는 시선이 바라보는 풍경과 해석은 극적으로 다를 수밖에 없으니까 말이다.

장면마다 다르게 해석된 풍경이 있을 뿐, 사실 그 장면에 남들과는 다르게 반응했다고 해서 이상한 사람이라고 단정 짓는 것은 상당히 일차원적인 발상일지도 모른다. 보편적인 풍경이 있을 뿐 잘못된 풍경이란 존재하지 않는다.

결국 우리가 살았던 어제와 오늘, 그리고 살아가야 할 내일의 일상을 조금만 깊숙이 들여다보면 비슷한 하루는 존재하지 않는다. 다만 우리가 남들과 비슷하게 살아가려고 애쓰는 것일 뿐이다.

#04

날마다 작별하는

매일 수많은 사람과 마주하며 일을 한다는 건
행운일까 아니면 불행일까.
잠깐의 인연이 서로에게 남길 수 있는 건
선물일까 아니면 상처일까.

날마다
작별하는

직업의 특성상 나는 당신과 날마다 연락이 두절된다. 비행기에 들어서는 그 순간부터 짧게는 2시간, 길게는 18시간까지 우리는 서로를 그리워할 순 있어도 서로에게 닿을 수는 없게 된다. 이러한 이유로 승무원들은 비행기에 탑승하기 전 아주 잠시나마 연인이나 가족들의 목소리를 듣고자핸드폰에 열중하게 된다. 지금이 아니면 이제 그들과 완벽하게 단절될 것이기 때문이다.

잠시일지라도 엄연한 작별이기에 단체로 핸드폰을 들고인사를 나누는 모습을 바라보고 있으면 괜스레 마음 한구석이 뭉클하다. 당신에게 작별의 메시지를 남길 때마다 미안해지는 마음을 숨길 수 없다. 어쩌다 나같이 방랑하는사람과 엮여서 기다림에 익숙해져야만 하니까 말이다. 언젠가 당신은 떠날 때마다 내가 이 세상에서 사라지는 느낌

이라고 한 적이 있다. 살아가면서 그렇게 가슴 아픈 말을
들어본 적이 있었던가.

시차가 적게 나는 곳이라면 다행이지만, 그렇지 않고 밤을
꼬박 새우고 시차가 열네 시간 정도 나는 곳에 도착하게
되면 대부분 한국은 새벽 서너 시인 경우가 많다. 무선 인
터넷이 되는 곳에 도착하자마자 부리나케 핸드폰을 켜고,
메시지를 확인하는 동료들의 얼굴에서 감출 수 없는 환한
미소를 발견한다. 비록 몸은 극한의 녹초가 되었을지라도
누군가가 남겨준 짤막한 메시지가 우리를 '진심으로' 미소
짓게 만드는 것이다.

나를 기다리다 먼저 잠든 당신이 남겨준 메시지들이 가득
하다. 당신은 내가 곁에 없는 동안에도 자신의 하루를 틈

틈이 나에게 보내준다. 메시지 몇 줄에 모든 고단함이 사르르 녹아내린다.

당신 곁에 없음에도 많은 메시지를 남겨주는 일은 분명 세상을 다 가진 것처럼 황홀한 일이지만, 당신으로서는 조금은 번거롭거나 지치는 일이 될 수도 있지 않을까. 하지만 당신은 서로 연락이 되지 않는 동안 내가 당신의 일상을 궁금해할까 봐서, 그리고 떨어져 있을 때마다 보고 싶은 마음에 메시지를 꼬박 남기는 것이라고 말한다. 연인으로서, 가족으로서 의무가 아닌 진심으로 걱정되고 그리워하는 마음이라는 것, 그 말 자체가 참 달콤한 말이기도 하지만, 그 따뜻한 마음이야말로 오래도록 기다려온 간절한 운명의 순간이 아닐까 싶다.

그런 따뜻한 마음 앞에서 어떻게 현명하게 반응해야 할지

잘 모르겠다. 분명 그 마음에 대한 보답을 하고 싶은데, 혹시라도 나를 기다려준 당신의 노력을 당연하게 여기는 듯한 말로 상처를 주진 않을까 싶어서, 섣부르게 단어를 선택할 수 없게 된다.

다만 한국에 있는 당신이 나를 조금은 덜 기다릴 수 있었으면 한다. 내가 조금 더 빨리 당신과 연락이 닿을 수 있는 곳에 도착하기를, 당신이 나를 너무 오래 기다리지 않고 편안하게 잠들 수 있기를, 서로가 떨어져 있는 동안 서로가 무사할 수 있기를 날마다 바란다. 나는 언제나 당신에게 한시라도 빨리 닿고 싶은 마음을 떨쳐낼 수 없고, 그럴수록 당신에 대한 마음은 점점 더 깊어만 간다. 나를 기다려주는 당신을 위한 내 마음이, 비록 짧은 메시지와 문장일 뿐일지라도, 오롯이 당신에게 전해질 수 있기를 바라며, 오늘을 이렇게 이기적이고 조용하게 마감한다.

떠도는
삶

승무원이라는 직업을 생업으로 삼고 있는 나의 일상은 아주 잠깐의 시간 동안만 아늑하다. 아늑함에 젖어 들 무렵 또다시 세상을 떠돈다. 떠도는 삶을 살아갈수록 머무른다는 것에 대한 막연한 굶주림이 심연에서 커져만 간다. 한곳에 정착하지 않고 떠도는 방랑자의 삶이란, 분명 누군가에겐 선망의 대상이 될 수도 있겠고, 그것에서 얻을 수 있는 이색적인 경험은 그 무엇과도 바꿀 수 없을 만큼 값진 것이기도 하다. 하지만 분명 나는 그 매력을 갖추는 대가로 나의 커다란 일부를 떼어줘야만 한다.

떠도는 삶은 사랑하는 사람들에게 커다란 아쉬움을 남기고 있고, 서서히 그들도 나의 부재를 처음처럼 어색해하거나 섭섭해하지 않게 됐다. 그러다가 결국 그들이 나의 존재를 거의 잊을 수도 있다는 불안이 숙명처럼 엄습한다.

그들에게 내가 '이 자리에 없는 게 당연한 사람'이 된다는 건 무척이나 서러운 일이 아닐 수 없다. 게다가 나 때문에 얼떨결에 방랑자의 삶 속에 관여하게 된 나의 소중한 사람들은 뜬금없는 나의 연락 두절과 시시때때로 바뀌는 시차에 함께 시달리고 있지만, 나는 일의 특수성 핑계를 대며 미안하다는 말만 무심히 반복할 뿐이다. 물론 이것 또한 금방 익숙해지겠지만, 익숙해졌다고 해서 아쉬움이나 미안함의 감정을 갖지 않아도 된다고 여기는 것이 어쩐지 더 쓸쓸한 것 같다.

직업적 특수성이라고 하기에는, 게다가 그 매력을 누리는 것에 대한 대가라고 하기에는, 가장 취약한 부분을 먼저 들춰내서 앗아가려는 것 같다. 그런데도 이 밥벌이를 놓을 수 없는 나로서는 그 어느 때보다도 강인하고 이기적인 다짐을 한다. 나는 떠도는 삶 속에서 결코 당신들을 끈질기게 놓아주지 않을 것이다. 나는 영영 당신들에게 지금처럼 멀어져서 미안하다는 사과를 할 것이고, 그만큼 나는 닿은 적 없었던 마음속 깊은 공간에서도 영원한 배웅처럼, 그리고 오래된 마중처럼 언제나 당신들을 기다리고 있을 것이다. 이상하게 들릴 수도 있겠지만 떠돌수록 당신들과 나의 물리적 거리는 멀어지겠지만, 왠지 마음의 거리는 점점 더 좁혀지고 있다는 생각을 한다. 그만큼 내가 저만치 멀리에서 간절하게 당신들을 내 곁으로 끌어당기고 있기 때문이라고 생각해줬으면.

긴 명절의 연휴 내내 출근을 했다. 해가 갈수록 명절을 맞이한 공항은 모여드는 사람들로 발 디딜 틈이 없어지고 있다. 승무원이 아닌 사무실에서 근무하는 직업을 가졌더라면 연휴는 사막의 단비보다도 달콤한 시간이 되었을 것이다. 며칠 새 사람들은 들뜬 모습으로 어디론가 떠났다가 되돌아오고 있다.

떠나갈 때는 사람들의 손에 들린 짐들이 그렇게나 가벼워 보였는데, 돌아올 때는 왠지 몇 배는 더 무거워 보이는 것은 기분 탓일까.

평소에도 공항을 오가는 사람들을 무수히 많이 바라본다. 바라본다기보다는 서로서로 스친다는 표현이 낫겠다. 같은 공간에 있다고 해서 어떤 관계가 되는 것은 아니니까 말이다. 평소에는, 그러니까 지금과 같은 긴 연휴가 아닌 날들에는 사람들이 아주 다양한 목적을 갖고 떠나간다.

이를테면 유학이나 이민, 취업, 출장 등의 일들이 그런 것 인데, 이런 종류의 목적인 경우에는 대부분 떠나는 사람 곁을 배웅해주는 누군가가 있는 경우가 많다. 가족이나 친 구 그리고 연인, 그것도 아니면 기르는 동물까지 떠나는 사람의 마지막 뒷모습을 향해 기도해준다. 나는 한 사람이 게이트 안으로 사라지는 그 순간이 언제 봐도 애달프다.

그런데 지금과도 같은 긴 연휴에는 평소와는 달리 배웅 해주는 사람이 없다. 평소라면 배웅을 해줬을 사람들까지 '모두 함께 단체로 손잡고' 여행을 떠나기 때문이다. 덕분 에 돌아올 때도 그들은 단체로 돌아오기 마련인데, 그 상반된 표정은 연휴의 끝을 알려준다.

평소에 내가 가장 흥미롭게 관찰하는 부분은 바로 게이트 밖에서 돌아올 사람을 기다리는 마중 나온 사람의 표정 변화다. 그것은 만남과 이별이 수도 없이 이뤄지는 공항이라는 공간에서 가장 낭만적인 사건이라고 할 수 있을 만큼 아름답다. 재회의 순간은 공항을 그들만을 위한 독립된 공간으로 만들며, 흘러가는 시간을 정지시킨다.

사랑하는 사람을 간절하게 기다리는 마음처럼 투명하고 포근한 마음이 또 있을까. 할 수만 있다면 그 마음과 공간이 다른 소란에 방해받지 않도록 따뜻하게 지켜주고 싶다. 하루에도 몇천 명의 사람들이 떠나고, 그만큼의 사람들이 돌아온다. 각자의 이유로 이곳을 거치지만 누군가는 이곳을 떠나가고, 또 누군가는 이곳으로 돌아온다는 사실은 변하지 않는다.

세상의 모든 만남과 작별이 함께 하는 곳, 그래서 세상의 모든 피로와 낭만도 공존하는 공간이다. 매일 수많은 사람과 마주하며 일을 한다는 건 행운일까 아니면 불행일까. 잠깐의 인연이 서로에게 남길 수 있는 건 선물일까 아니면 상처일까. 끝없는 질문들이 나를 쫓지만, 이것은 결국은 언제까지나 두고 볼 일이다.

나는 오늘도 모르는 당신들을 스쳐 지나간다.

일터에서 눈이 불편한 분을 도울 일이 있었다. 이런 경험
이 많지 않은 나로서는 잔뜩 긴장한 상태였고, 혹시나 눈
이 불편하다는 이유로 과하게 신경 쓰는 바람에 오히려 상
처가 되지는 않을지 걱정이 되었다. 좌석까지 안내하는 일
도, 식사를 돕는 일도, 그분을 안내하며 화장실까지 함께
가는 일도 서툴고, 조심스러울 수밖에 없었다.

그런데 그분은 시각이 없이도 살아가는 방법을 제대로 익
히고 있다는 생각이 들었다. 낯선 공간에서도 손과 귀, 그
리고 피부로 주변을 정확하게 파악하며 사물을 다루고, 원
하는 장소로 나아갔다. 오히려 도움을 주려 하는 내가 짐
이 되는 것 같은 느낌이어서 민망함을 감출 수가 없었다.

그런데 문제는 다른 사람들에게서 나오기 시작했다. 눈이

불편해서 걸음이 느리다는 이유로, 자신의 앞길을 가로막고 있다는 이유로 인상을 찌푸리며 불만을 제기하기 시작했고, 내가 그분의 상황을 설명했음에도 불구하고, 언성은 높아지고야 말았다. 그분은 연신 미안하다는 말을 하며 발걸음을 재촉했고, 나 또한 다른 사람들에게 조금 더 기다려 달라는 양해의 말을 건넬 수밖에 없었다. 상황이 더 불거지진 않았지만 나는 여러 가지 감정에 뒤섞여 지칠 대로 지치고야 말았다.

눈이 있어도 상대방을 보려 하지 않는 사람들과 시력은 잃었어도 모든 감각을 동원해 필사적으로 상대방을 보려 하는, 아니 느끼려 하는 사람 사이에서 나는 현기증이 났던 것 같다. 볼 줄 안다고 믿는 사람들은 무례했고, 볼 수 없다고 믿는 사람들은 세심했다.

사실 그들의 믿음은 완벽하게 반대일지도 모른다. 전 세계의 다양한 사람들을 상대해야만 하는 나의 직업은 어쩌면 강인한 체력보다는 단단하지만 조금은 무딘 마음을 요구하는지도 모르겠다. 어지러운 하루가 느릿느릿 저물어갔다.

생존의
방식

동물들은 저마다 생존의 방식을 갖고 있다. 상위 포식자들에 정면으로 맞서 싸울 수는 없을지라도 각자 자신을 지킬수 있는 무기를 한 가지씩은 갖고 있다. 강한 이빨에도 뚫리지 않는 단단한 껍질이라든지, 견딜 수 없는 악취를 풍긴다든지, 주변 식물과 구별을 할 수 없을 정도로 자신의몸을 위장한다든지, 따라올 수 없는 속도로 달릴 수 있다든지 말이다. 그런데도 결국은 잡아먹힐 수 있다는 건 슬픈 일이지만 최대한 자신을 보호할 수 있는 능력임에는 분명하다.

사람의 세계라고 해서 그들과 다를 건 없다. 집단 속의 사람들은 저마다의 생존 방식을 갖고 있다. 극심한 스트레스에도 무너지지 않는 단단한 정신력이라든지, 누구에게나적응할 수 있는 탄탄한 연기력이라든지, 기회가 오면 수단과 방법을 가리지 않고 잡고야 마는 민첩함이라든지, 독보적인 지능이나 우직한 성실함일 수도 있겠다. 결국은 자신이 가장 잘할 수 있는 부분들을 특화해 집단에서 살아남으려 한다.

그런데 가끔은 자신의 생존법을 다른 사람에게 강요하는 사람들이 많다. 이를테면 실력으로만 살아남는 사람에게 필요 이상의 아부를 강요하거나, 성실함을 마지막 끈으로 생각하고 있는 사람에게 기회주의자가 되라고 한다거나 하는 일들이다. 이것은 마치 딱딱한 등껍질로 자신을 지켜 나가는 거북이에게 미련한 등껍질은 이제 버리고, 다만 치타보다 빨리 달려서 살아남기를 강요하는 것과 무엇이 다를까.

스컹크처럼 악취를 풍겨서 살아남는 방식이 강인한 지구력과 예민한 경계심으로 치타를 따돌리는 얼룩말보다 저열하다고 할 수 있을까. 물론 남들이 보기에는 아무런 능력도 없어서 고작 냄새 따위로 살아남는 우스운 존재라고 치부할 수도 있겠지만, 우리가 감히 어떻게 그들의 치열한 사정을 쉽게 판단하고 단정 지을 수 있을까. 나와 다른 사람들의 삶의 방식에 대해서 조금 더 깊숙하게 들여다볼 필요가 있지 않을까.

저마다의 불가피한 사정에 대해서 우선 이해해볼 기회를 마주할 수 있다면 아마도 지금보다는, 누군가를 향한 미움을 덜 수 있지 않을까. 그게 바로 외면의 생김새뿐만 아니라 내면의 생김새까지도 천차만별인 우리가 서로에게 다가갈 수 있는 첫걸음이라고 믿는다.

다양한 이력을 가진 사람들이 생업을 목적으로 하나의 집
단에 모여든다. 개인의 이력과 교양의 수준과는 상관없이
하나의 집단에 속하는 순간 사람들은 개인성을 잃고 집단
을 대변하는 일원이 된다. 그런데 슬프게도 집단의 수준은
특정한 몇 명의 개인이 꾸려나가기 시작하는데, 대부분 정
상의 범주를 벗어난 특이하거나 특출난 사람들이 집단의
저열하거나 고상한 문화를 만들어나간다.

삶은 나를 쉽사리 소속된 집단에서 이탈할 수 없게 만들
고, 사람들은 어쩔 수 없이 집단의 문화에 적응하거나 더
욱 뾰족한 송곳이 되어 문화를 뜯어고치려 한다. 그 과정
에서 인간의 취약성과 내면의 파괴를 겪기도 하고, 삶의
의미 같은 진부한 것들을 잃기도 한다. 중도를 지키는 사
람들은 언제든 이리저리 휩쓸릴 위험이 있고, 저열하거나

고상함의 극단에 서 있는 사람들은 자신들이 쌓아온 입지를 누구에게도 내어주질 않는다.

비로소 우리가 하나가 된다는 환희와 어떻게 우리가 하나가 되냐는 환멸이 이리저리 어지럽게 뒤섞이는 처연한 연극의 공간이 바로 회사다.

우리가 아닌
나 자신의 것

직업상으로 전 세계 곳곳을 돌아다니며 나는 시간이라는 개념에 대해 숙고하게 된다. 이국과 타국의 시차는 나로 하여금 동일한 날짜를 두 번 살게 만들 때가 많다. 이를테면 한국에서 크리스마스의 아침을 보내고 출발한 비행기가 미국에 도착하면 또다시 다시 크리스마스의 아침이 시작되는 것처럼 말이다. 무려 열네 시간 이상을 날아왔는데 달력에서의 오늘 하루는 여전히 정지된 것이다.

한때는 시간이 흐르고 달력이 한 장씩 넘어가는 것에 연연하던 시절이 있었다. 드디어 성인의 무늬를 갖출 수 있다는 스물이 되던 해, 입대하고 전역을 하던 해, 그리고 대망의 서른이 되던 해. 그때는 설렘이기도 했고, 압박이기도 했으며, 착잡함이기도 했던 그 순간마다 나는 세월의 흐름에 많은 의미를 부여하곤 했다.

어떤 특정한 시기가 찾아오면 분명 계획했던 무언가가 이뤄져 있을 거라고 믿었던 순수한 바람이, 실제로 그 시기가 다가왔을 때 실망으로 바뀌던 무력감을 잘 알고 있다. 게다가 그 시기 내에 이루지 못한 것을 제때 이뤄내며 살아가는 친구들과 자연스레 비교하게 되던 초라한 모습 또한 너무도 익숙하다. 시간이 나에게만 이렇게 불공평하고 가차 없는 존재였단 말인가.

우리에게 주어진 가장 공평한 것이 시간인데 그 시간을 살아온 우리들은 너무도 다른 모습으로 살아가고 있다. 시간에게 사람을 차별하는 편견이라도 있어서 모두에게 다른 양의 시간을 배분하기라도 했단 말인가. 예전에는 나와 비슷하거나 솔직히 나보다는 여러모로 부족하다고 업신여겼던 친구가 세월이 지나 만나보니 이제는 내가 감히 범접할 수 없을 정도로 멋져진 그런 쓸쓸한 순간들을 생각보다 어렵지 않게 접하곤 한다.

사실 내가 남들보다 낫다는 모든 생각은 착각에 가까울 확률이 높다. 눈에 보이지 않는 것들의 힘을 우리는 너무도 쉽게 간과하니까 말이다. 우리가 업신여기던 그 친구는 이미 오래전부터 하루를 이틀처럼 빠듯하고 우직하게 살아가고 있었는지도 모른다.

대부분의 열등감은 똑같은 조건인데도 상대방과 똑같은 성과가 나오지 않았을 때 폭발적으로 꿈틀거리기 시작한다. 똑같은 시간과 똑같은 달력으로 살아가는 우리인데 나는 어째서 당신처럼 그렇게 많은 것들을 이뤄내지 못하는 것인가. 당신의 시계와 달력이라고 해서 나의 그것들보다 천천히 흘러가지는 않을 텐데 말이다.

아무리 억울함을 토로한다고 할지라도, 이미 거쳐 온 과거로 되돌아가 다시 살아낼 수는 없는 노릇이다. 시차를 겪으며 같은 날짜를 두 번 살게 되는 것 같은 착각에 빠지더라도 분명한 건, 타임머신을 타고 지나간 시간으로 되돌아가 별로였던 하루를 근사하게 바꿀 수는 없다는 것이다. 오직 앞으로 다가올 정체 모를 시간을 향해서만 '나만의 속도'로 꾸준히 나아갈 수 있을 뿐이다.

개인의 역사를 돌이켜 봤을 때 선택과 집중처럼 중요한 화두도 없었던 것 같다. 다 가질 수 없다면, 하루라는 시간 동안 모든 것을 이뤄낼 수 없다면, 가장 열망하는 것 몇 가지를 제외한 대부분을 과감하게 내려놓는 것. 그리고 다른 것들을 포기하면서까지 붙잡고 있었던 그 소중한 것들을 계속해서 끈질기게 붙잡고 있는 것. 하나만 잘하는 바보들은 이렇게 단순하지만, 오히려 그렇기 때문에 불가피하게 성장한다.

게다가 그들이 가진 최후의 무기는 남들이 만들어놓은 시간과 달력을 외면할 수 있는 미련함이다. 그들은 남들이 아닌 자신이 만들어놓은 시간과 달력만을 바라보고 살아간다. 나 자신의 속도와 방향만이 세상에 존재하는 유일한 시계이고 달력이기 때문에 해가 바뀐다 해서 그것만으로 내 삶에 찾아오는 변화는 결국 아무것도 없다는 것을 조금은 일찍 깨친 사람들이다.

시간은 우리의 것이 아니라 오직 나만의 것이다. 시간은 흘러갈 뿐 그 위에 각자의 삶이라는 배를 띄워야 하는 것은 전적으로 개인의 몫이다. 거센 풍랑이 몰아치거나 암초에 부딪혀도 결국 나의 배가 걸림돌을 만난 것이지 다른 사람들의 배는 물살을 타고 유유히 떠나간다. 우리는 남들의 시간을 역행하거나 추월할 수 없다. 다만 우리가 할 수 있는 것은 할당된 시간의 존재를 우리의 성향과 취향에 맞게 잘 다듬고 그것을 끝까지 믿어주는 일이다.

우리의 시간만을 믿어준다면, 이곳과 그곳의 시차도, 날마다 어제와 작별하는 세상의 시간도, 새로 장만한 새해의 달력도, 결코 우리의 고유한 흐름을 방해할 수 없을 것이다. 어떤 일회용 의미를 부여하기에 새해가 찾아오는 것만큼 좋은 때도 없다. 나를 태워가는 것은 오직 내가 탄 배 단 한 척뿐이라는 것을 잊지 않으려 한다.

대학교를 휴학하고 영화 시나리오작가 지망생으로 살았던 적이 있다. 충무로의 허름한 건물에 위치한 교육원에 다녔는데 당시 스물일곱이던 내가 가장 어린 편에 속했다. 다른 교육생들은 대부분 직장인이었는데 그야말로 다양했다. 국제 변호사부터 가수, 디자이너, 그리고 영화감독까지. 공통점이라고는 하나도 찾아볼 수 없는 사람들이 단 하나의 꿈을 이루기 위해 성별과 나이, 직업을 불문하고 다시 강의실에 모였다.

첫 만남에 한 명씩 단상에 서서 자기소개를 했다. 어쩌다가 이곳으로 흘러들어오게 됐는지를 듣다 보니 모두가 어렸을 적부터 영상작가가 되는 것이 꿈이었다고 했다. 그러다 현실이 녹록지 않아 잠시 접어뒀던 꿈에 이제야 다시 도전해 보려 한다는 것이었다. 나는 어린 마음에 그들이 이미 늦었다는 생각을 하기도 했었다. 그래서 일찍 시작한 내가 그들보다 더 빨리 성과를 낼 것이라 믿었다.

하지만 그것은 완벽한 착각에 불과했다. 그들은 내가 경험하지 못한 숱한 감정들과 세상을 경험한 뒤 돌아온 사람들이었기에 눈빛부터가 달랐다. 이제야 드디어 참아왔던 세월을 보상받을 수 있게 되었다는 뜨거운 열정이 담긴 눈빛이 아직 생생하게 기억난다.

얼마 뒤 나는 경험과 생각의 깊이에 대한 한계를 느끼고 교육원을 그만뒀다. 조금 더 세상을 둘러보고 돌아오자는 다짐이었지만 사실은 도망쳤다. 그 후로는 그들과 서서히 멀어지게 되었다. 세월이 흘러 그때의 그들처럼 나도 직장인이 되었고, 어느 정도 생활에 안정이 찾아오자 잃어버린 꿈이 자꾸만 떠올랐다. 그러다 어느 날 문득 다시 펜을 잡기 시작했다. 그리고는 그때의 그들처럼 잃어버린 세월을 보상받겠다는 듯 뜨거운 눈빛으로 무언가를 계속 쓰기 시작하게 되었다.

유년기의 어떤 갈증은 오랜 잠복기를 거쳐 뒤늦게 꿈틀거리기 시작했다. 이루고 싶었으나 재능이 없어서, 재능은 있었으나 경제적으로 풍족하지 못해서, 건강하지 못해서, 사회성이 없어서 등등 수많은 이유와 핑계들로 갈증을 풀지 못한 채 무작정 어른이 된 나는 삶과 생업에 지쳐 느껴지는 갈증의 진동을 애써 외면하고 살아왔다.

하지만, 이윽고 그 갈증 속에 갇혀 헤어 나올 수 없는 순간이 찾아온 것이다.

과연 지금에 와서라도 괜찮은 걸까, 이루지 못했던 그 수 많은 이유는 이제 더는 걸림돌이 되지 못했다. 나는 여전 히 재능이 없고, 여전히 풍족하지 못하고, 건강을 조금 잃 었어도, 아무도 알아주지 않는다고 할지라도, '그런데도 불구하고' 이제는 그 꿈틀거리는 갈증을 다시 묶어둘 수 없었다. 목마른 일상에 다시 생기가 돋기 시작했다.

유예된 갈증은 시간이 흐를수록 증폭될 뿐 절대로 사그라 지지 않는다. 넥타이를 매고 뒤늦게 무언가 빠져드는 사람 들을 멈춰 세울 수 없는 이유이다.

회색을 좋아하는 취향에는 이력이 깊다. 유년 시절부터 한사코 회색 옷을 사들였고, 언젠가 취향을 바꿔보고자 다른 색의 옷을 집에 들인 적도 있었지만 결국은 그것들과 가깝게 지내지 못하고 의류 수거함으로 보내기 일쑤였다. 나같은 사람에게는 쇼핑에 긴 시간을 투자하는 것만큼 소모적인 일도 없다는 것을 깨달았다. 어차피 회색에 반할 것이고, 외면하려는 시도조차 부질없을 것이다. 옷장을 열면 회색의 삭막함이 극에 달해 마치 회색 비둘기 떼가 잔뜩 웅크리고 있는 것 같다. 하지만, 그래봤자 또다시 회색을 사들일 미래가 뻔히 보였다.

사실 회색을 좋아하게 된 것에는 나름의 이유가 있다. 오랜 자취생 신세를 면하지 못하고 있는 처지에서는 저렴하고 관리하기도 편한 옷이 가장 좋은 옷이었다. 검은색은 입을 때는 예쁘지만 세탁을 하거나 조금 격한 야외 활동을 하게 되면 온갖 것들이 달라붙은 티가 많이 난다. 하얀색은 입을 때만큼은 더는 예쁜 색도 없지만, 순백은 이물질의 영향을 너무도 쉽게 받는다. 온종일 하얀색 티셔츠를 입었던 날이면 그날 먹었던 음식들의 미세한 흔적을 모두 알게 된다.

무엇보다 요란하지 않은 회색의 수수한 정체성을 좋아한다. 이것이면 되었다는 자신감과 이 정도면 괜찮다는 절제의 힘 그리고 굳이 자신을 드러내지 않는 겸손함이 마음에 든다. 게다가 다른 어떤 색과도 잘 어울릴 수 있는 포용력까지 갖췄으니 어떻게 회색을 좋아하지 않을 수가 있을까. 언젠가 회색밖에 모르는 나 자신이 초라해 보일 때도 있었다. 그래서 다른 색들을 사들이는 일탈을 감행하기도 했었

지만, 왠지 다른 사람의 옷을 훔쳐 입은 것처럼 어색하고
신경이 쓰였다. 그래서 곧장 비둘기 떼 날리는 내 옷장으
로 돌아왔다.

사회생활을 하다 보니 때때로 어울리지도 않는 색의 옷을
입어야 하는 날들이 찾아왔다. 나는 회색으로 살아가는 사
람인데 자꾸만 노란색이나 연두색 옷을 입어야만 했다. 그
래야 남들보다 더 빨리 앞으로 나아갈 수 있다고 말이다.
남들보다 앞으로 나아가는 것보다 남에게 피해를 주지 않
는 것이 내게는 더 중요한데 생각은 생각으로 그칠 수밖에
없었다. 그렇게 이 색깔 저 색깔의 옷들을 입고 살다 보니
이제 내 옷장 속의 비둘기는 대부분 날아가고 말았다. 다
른 색상들에 익숙해져 거울을 봐도 어색하지 않은 모습의
내가 서 있다. 회색을 좋아하던 나였는데 언제 이렇게 바

꿰어 버린 걸까.

그래도 절대 포기하지 않고 있는 한 가지는 바로 회색 잠옷이다. 밖에서는 다양한 색깔의 옷을 입지만 집으로 돌아오면 얼른 그것들을 벗어던지고 나만의 색깔을 입는 것이다. 역시나 온전히 나일 수 있기 때문에 집은 집일 수 있는 게 아닐까. 변했다고 믿고 살았던 것 중 대부분은 여전히 그대로인 것들이 많다. 변한 척 해봐야 어차피 자기 자신에게 가장 빨리 들통이 나고야 만다.

최소한 세상의 기준에 휩쓸려 이리저리 꾸며대다 결국 나마저 잃고 싶지는 않다. 어떤 색깔의 옷을 입고 밖에서 살아가든지 변하지 않는 나만의 고유한 색깔만은 잃지 않은 채로 살아가고 싶다.

몇 벌 남지 않은 회색 잠옷들을 곱게 개어놓고 오늘도 집을 나선다.

짐을
꾸린다

매일같이 짐을 꾸린다. 커다란 여행용 캐리어에 나의 삶을
구겨지지 않게 차곡차곡 접어 넣는다. 나의 가장 은밀한
사생활과 거역할 수 없는 욕망과 아직 내려놓지 못한 꿈들
과 그리고 자본주의의 짜릿함까지 한 데 담아 부피가 커지
지 않게 꾹꾹 눌러준다. 바퀴가 덜덜거리며 굴러갈 때마다
그 안에 담긴 나의 삶의 부분들이 이리저리 뒤섞이며 버
무려진다. 사람과 감정에 치이고 데이는 날은 바퀴가 고장
난 것도 아닌데 캐리어는 저 스스로 무거워져 좀처럼 나를
따라오지 못한다. 어딘가에 미련이 남는지 자꾸만 그곳을
향해 방향이 꺾이다 이내 고꾸라지고 만다.

쉽사리 일으켜지지 않는 그 모습이 사사로운 일들에 연연
하며 정작 중요한 것들을 잃고 마는 처연한 우리의 모습
을 닮아있다. 우리는 어디에서 어딘가로 떠나기 위해 매일

같이 삶을 꾸린다. 똑같은 짐이지만 돌아올 때는 다른 무게가 되어 돌아오는 짐의 속사정을 나는 알지 못한다. 무언가를 더 얻었기 때문일까 혹은 더 잃었기 때문일까. 각자의 무게로 떠나지만 돌아올 때는 모두 다를 수밖에 없는 것이 삶이었던가. 한쪽 바퀴가 고장 난 나의 캐리어가 유난히도 소란스럽게 끌려오는 날이다.

일터에서 할머니 한 분이 화장실이 어디냐고 물었다. 누구
나 묻는 별것 아닌 것을 수줍게 물어보는 할머니의 마음이
다칠까 싶어 아주 작은 목소리로 방향을 가리키며 안내해
드렸다. 할머니는 연신 감사하다는 말을 남기곤 사라지셨
다. 그렇게 나의 기억에서 할머니는 잊히는 사람이 될 것
이라고 믿었다. 하루에도 일터에서 마주치고 스쳐 지나가
는 승객들이 수백 명이 넘기 때문이다.

얼마나 지났을까. 누군가 나의 등을 뒤에서 톡톡 치는 게
느껴져 돌아봤다. 아까 그 할머니가 아까처럼 수줍은 표정
으로 서 있었다. 그러더니 이내 어디로 가면 화장실을 사
용할 수 있는지 물어보았다. 잠깐 깜빡한 것 같아서 나도
처음처럼 저쪽으로 가면 된다고 말씀드렸다. 아까 그 할머
니가 맞는 것 같은데 아니면 내가 비슷한 다른 승객과 착

각을 하고 있던 것인지도 몰랐다.

착각이 아니었다는 걸 알게 되기까지는 그리 오래 걸리지 않았다. 할머니는 지나가는 다른 승무원들을 붙잡고도 재차 화장실의 위치를 물어보았고, 그때마다 진심 어린 표정으로 감사하다는 말을 남겼다. 알고 보니 오늘 같이 일하는 동료들 모두 그 할머니에게 같은 질문을 받았다는 사실에 우리는 놀랄 수밖에 없었다. 그리고는 할머니를 조금은 특이한 사람으로 생각하며 계속해서 일을 하고 있었다. 그런데 생각지도 못했던 문제가 발생하기 시작했다.

어떤 젊은 여자 승객이 오더니, 자신은 복도 쪽 좌석에 앉아있는데 창가 쪽의 할머니가 30분마다 계속 화장실을 간다고 해서 자리를 비켜드리고 있는데, 혹시 남는 좌석이 있냐고 문의를 하였다. 순간 그 할머니의 모습이 뇌리를 스쳤다. 그 할머니가 앉아 있는 곳으로 가봤을 때도 할머니는 자리를 비운 상태였다. 아마도 또 다른 승무원에게 화장실 위치를 묻고는 그곳에 간 것이 분명했다.

혹시나 하는 마음에 할머니 옆 좌석에 앉아있는, 남편분으로 보이는 할아버지에게 여쭤봤다. 할머니가 속이 좋지 않느냐고, 배탈이 난 것일 수도 있겠다는 생각을 했기 때문이다. 할아버지는 조금 망설이다가 입을 열었다.

"그런 게 아니고, 정신적으로 문제가 조금 있어요. 알츠하이머인데 자꾸 화장실에 다녀왔다는 걸 깜빡해요."

그 말을 듣는 순간 얼어붙고 말았다. 내 마음에서 갑작스럽게 솟기 시작한 감정들의 실체를 파악할 수 없었다. 할머니에 대한 연민이었을까. 알츠하이머에 대한 착잡함이었을까. 아니면 돌아가신 할머니에 대한 그리움이었을까. 나의 할머니도 치매를 앓다가 요양원에서 돌아가셨다. 건강했을 때 유난히 나를 예뻐해 주었는데 치매에 걸리고도 오로지 가족과 친척 중 나만을 알아보며 내 손을 꼭 잡아 주었다.

이내 할머니가 자리로 돌아왔다. 나도 모르게 괜찮냐는 말이 입에서 튀어나왔다. 할머니는 나를 처음 보는 사람처럼 바라보며 무슨 영문인지 전혀 모르는 표정을 짓고 있었다. 나는 할아버지와 눈을 마주치고는 고객을 끄덕이며 자리를 비켜드리는 수밖에 없었다. 복도 쪽 여자 승객 분도 사연을 듣고는 괜스레 숙연한 표정이 되어 조용히 다른 빈 좌석으로 자리를 옮겼다. 나는 동료들에게 이 사실을 전했고, 할머니가 계속 화장실을 여쭤보더라도 마치 처음 대하는 사람처럼 친절하게 안내해 드리자고 약속을 했다.

자꾸만 할머니가 앉아있는 쪽으로 눈길이 갔다. 아마도 돌아가신 할머니와 겹치는 부분이 많아서 그랬을 것이다. 알츠하이머, 가장 최근의 기억부터 지우개로 지우듯 기억이 사라지는 잔인한 병. 지금의 의학기술로는 치료할 수 없는 병이기도 하다. 옆에 계신 할아버지는 대수롭지 않다는 듯 말했지만, 그분의 타들어 가는 착잡한 심정을 누가 헤아릴 수 있을까. 해드릴 수 있는 게 없어서 자꾸 간식만 가져다 드렸다. 여전히 고맙다고 수줍게 말씀하는 할머니를 바라보며 눈시울이 붉어졌다.

남은 비행시간 내내 그 주위를 좀 더 세심하게 살폈다. 끼니는 잘 드시는지, 혹시나 더 필요한 건 없는지, 내가 도와드릴 수 있는 게 없을까 해서. 어느덧 비행기가 착륙하고, 다른 승객들이 모두 내릴 때까지 두 분은 자리에 앉아있었다. 이윽고 모두가 내린 걸 확인하고는 천천히 짐을 챙겨 출입문으로 걸어갔다.

모든 게 스쳐 지나가는 비행기에서의 일상이지만, 아직도 그 두 분이 내리는 뒷모습을 지울 수가 없다. 비행기에서 헤어지는 순간 모두와 영원한 작별이라는 것을 알면서도 왠지 이 작별만은 진짜의 작별이 아니었으면 싶은 순간들이 있다. 그런 순간들은 영원처럼 내게 머물러 있다. 어딘가에서 잘 지내고 있을 것이라고 믿는 것, 그것 말고는 이제 할 수 있는 게 없다.

다시,
시작된다

항공기에는 승무원들의 휴식을 위한 숨겨진 장소가 있다. 일정 시간 이상을 밤새 근무해야 하는 승무원들의 회복을 위한 공간이다. 최소한의 공간에 간이침대와 커튼을 이용해 효율적으로 나뉘어 있어서 잠깐의 단잠에 빠져들기에 부족함이 없다. 이곳에 가만히 누워있으면 비행기 엔진 소리가 배경음악처럼 들려서 마음을 편안하게 해준다.

엔진 소리가 한시도 멈추지 않고 작동하기 때문에, 그 소리가 아이러니하게도 고요하게 들린다. 대부분의 경우에는 업무의 피로에 의해 곧바로 잠이 들지만, 가끔은 잠에 빠져들지 못하고 생각에 빠지기도 한다. 사실 따지고 보면 인터넷이 연결될 수 없는 이곳만큼 완벽하게 생각에 집중할 수 있는 공간도 없다.

정신없이 업무에 열중하느라 잠시 옆으로 치워뒀던 생각

들을 다시 꺼내 본다. 연인과의 애정 문제라든지, 깜빡하고 마무리하지 못한 집안일이라든지, 동료들 간의 관계에서 비롯한 문제라든지 등등 미뤄뒀던 생각들이 한꺼번에 밀려온다. 그러면서 핸드폰에 저장된 누군가의 사진을 계속 만지작거려도 보는 것이고, 그러다가 남몰래 눈물을 흘려볼 수도 있는 완벽한 자신만의 공간이다. 이곳에서 참 많은 생각을 하게 된다.

그러는 와중에 항공기가 난기류를 만나 급격하게 흔들리기도 한다. 신입 시절에는 이렇게 심한 난기류를 만나면 '아, 오늘이 나의 마지막 날이 되겠구나, 그래도 이 정도면 보람차게 잘 살았네.' 하면서 정말로 심각하게 걱정을 하기도 했었다. 생각해보면 혹시나 무슨 문제라도 생기면 이 높은 고도에서, 저 아래의 태평양으로 그대로 떨어지는 것이다. 떨어진다는 사실보다 그 떨어지는 과정을 상상해보면 특히나 두렵다. 짧지 않은 시간일 것이다. 그동안 사람들은 무슨 생각을 할까. 아마도 두렵다는 생각만큼이나 남겨질 사람에 대한 생각들이 수천 번은 뇌리를 스칠 것이다. 사랑한다는 말을 남기고 떠나고 싶지만 안타깝게도 불가능하다. 그대로 한순간에 바닷속으로 사라지는 것이다.

누군가는 항공기에서 고작 서빙하는 가련한 사람들일 뿐이라고 말하지만, 나는 오히려 그렇게밖에 생각할 수 없는 마음이 참 가엾다. 나라마다 존중받는 직업의 순위는 다르다지만, 안타깝게도 예술가나 서비스업 종사자가 천대받는 나라일수록 선진국과는 거리가 멀다. 이것은 물론 사람의 인성에 따라 다르기도 하지만, 사람의 인성이라는 것도 문화의 영향을 받을 수밖에 없는 것이다.

나는 이곳에서 커다란 야망은 없지만, 그렇다고 나의 일을 내팽개쳐둘 생각도 전혀 없다. 이곳에 타고 있는 사람들의 건강과 안전은 이곳에 있는 동안은 분명히 우리의 몫이고, 곧 나의 몫인 것이다. 그렇기 때문에 내가 생업으로 삼고 있는 일이 사회적으로 모욕을 당하는 것은 심기가 불편하다. 어떤 기준으로 직업의 고귀함이나 천박함을 논할 수 있는가. 이것은 각자 삶의 그릇의 몫이다.

생각이 생각의 꼬리를 물다 보면 어느덧 내게 주어진 휴식 시간이 끝이 난다. 난기류도 잠잠해지고, 다시 몸을 일으켜 업무를 위한 준비를 한다. 나의 개인적인 사정들과 취미는 잠시 접어두고 오로지 승무원으로서의 삶으로 돌아간다. 주어진 휴식 시간에 잠들지 못한 사람에게는 체력적으로 강력한 도전이 찾아오겠지만, 그런 것 정도는 이제 익숙하다.

좁은 통로를 지나 기내로 향하는 문 앞에 선다. 문에 달린 작은 거울에 내 모습이 뿌옇게 비친다. 거울 속의 나는 자꾸만 내게 어떤 말을 걸려 하는데 좀처럼 알아들을 수가 없다. 언젠가 그것을 어렴풋하게나마 알게 될 날들이 찾아올 것이라 믿는다. 자, 이제 문이 열리고, 다시 일이 시작된다.

날마다 작별하는

펴낸날	초판1쇄 인쇄 2019년 05월 15일
	초판1쇄 발행 2019년 05월 21일
지은이	오수영
펴낸이	최병윤
편집	이우경
펴낸곳	알비
출판등록	2013년 7월 24일 제315-2013-000042호
주소	서울시 강서구 화곡로58길 51, 301호
전화	02-334-4045
팩스	02-334-4046
종이	일문지엽
인쇄	수이북스

ⓒ오수영
ISBN   979-11-86173-63-3 03810
가격   13,000원

이 도서의 국립중앙도서관 출판예정도서목록(CIP)은 서지정보유
통지원시스템 홈페이지(http://seoji.nl.go.kr)와 국가자료종합목록
시스템(http://www.nl.go.kr/kolisnet)에서 이용하실 수 있습니다.
(CIP제어번호 : CIP2019018357)